父、密命に死す

会津武士道 2

森 詠

時代小説

二見時代小説文庫

JN067595

目次

第一章　会津《あいづ》武士たる者の心得《こころえ》　7
第二章　早馬来たりて　72
第三章　真之助乱心　140
第四章　屈辱と悲嘆の彼方　214

『会津士魂』の早乙女貢氏に捧ぐ

父、密命に死す——会津武士道2

第一章　会津《あいづ》武士たる者の心得《こころえ》

一

「馬鹿者！　会津《あいづ》武士たる者は滅多《めった》やたらに腹を切らん。女ごときのことで、腹を切るとは何事だ。嵐山《あらしやま》は士道《しどう》のなんたるかを知らぬ未熟者だ。そんな嵐山を庇《かば》い、切腹するのを援護したとは、いったい何事だ！」

日新館《にっしんかん》道場指南役の佐川官兵衛《さがわかんべえ》は、烈火《れっか》のごとく怒り、望月龍之介《もちづきりゅうのすけ》と小野権之助《おのごんのすけ》に雷を落とした。龍之介と権之助は、師範室の床に正座し、うなだれていた。ひたすら官兵衛の怒りが鎮《しず》まるのを待った。

正月の七草粥《ななくさがゆ》が過ぎた翌日、嵐山光毅《こうき》が単身で妓楼《ぎろう》の飯田屋《いいだや》に斬り込む事件が起こった。

龍之介と小野権之助は、その知らせに、日新館道場から飛び出し、現場の飯田屋に駆け付けた。

現場は廓《くるわ》の女郎たちや若い者、やくざ者や捕り手の役人たちでごった返していた。話によれば、嵐山光毅は、許嫁《いいなずけ》の早与《さよ》を買った後藤《ごとう》修次郎《しゅうじろう》を斬殺し、飯田屋に乗り込んで妓楼の楼主と女将《おかみ》を斬った。さらに早与を買ったやくざの親分と客を斬殺した。その上で、嵐山は早与を人質に、飯田屋の二階に立て籠もった。嵐山を捕らえようと、二階に踏み込んだ捕り手の役人二人も斬られて絶命した。

業を煮やした目付は、上意討ちの刺客《しかく》に大槻弦之助《おおつきげんのすけ》を選び、送り出そうとした。

龍之介はまずいと思った。大槻弦之助には、娘の奈美《なみ》や御新造のおゆきがいる。

これ以上嵐山光毅に血を流させたくない。龍之介は現場を仕切っていた目付の尾田《おだ》彦左衛門《ひこざえもん》に直訴し、自分に嵐山光毅を説得させてほしい、と願った。

願いは許され、龍之介は現場に出向き、嵐山に会った。これ以上無益な殺傷はしないように説得しようとしたが、すでに早与が悲しんで自害しており、嵐山光毅も後を追おうとしていた。

龍之介は、斬ろうと迫る大槻弦之助を止めた。

その間に嵐山は自ら腹を切って果てた。切腹を見るのは初めてだったが、嵐山光毅は堂々たる死に様だと思った。

　だから、佐川官兵衛から嵐山の切腹は間違っていると罵倒《ばとう》され、真っ向から否定されると、龍之介は内心不満だった。

「いいか、望月、なんでも腹をかっ切りさえすれば責任が取れるとは思うな。死ぬのは最期の最期、にっちもさっちもいかなくなってのことだ。その努力をせずに切腹してしまうのは、逃げたのと同じだ」

「しかし、先生、嵐山は恋仲だった許婚の早与を無理遣《や》り女郎に身売りさせられたことに怒り、身売りさせたやくざや、早与を買った楼主と女将たちを斬ったのであって……」

「だからといって、そいつらを殺していいというのか？」

「いや、そうではなく」

　龍之介は口籠もった。

「では、何なのだ？」

「嵐山光毅にも、止むに止まれぬ事情があったと思うのです」

「恋仲だった女子《おなご》を思ってのことだから許せというのか？」

「…………」

龍之介は黙った。答えようがなかった。

早与は両親が死に、年寄りの祖母と六人の弟妹を養うため、人買いに身売りしたと聞いた。もし、己れが嵐山光毅の立場にいたら、俺はいったいどうしているだろうか？

女子を身請けする？　身請けするには、大金が必要になる。もし、身請け出来ても、その後、どうするのか？

強引に女子を拉致《らち》し、どこか遠くに逃亡する？　だが、その先が分からない。女子と夫婦になり、どこかでひっそりと隠れ住む？　自分たちは、それでいいが、後に残された弟や妹、祖母は、どうなるのか？

龍之介はあらためて思った。

嵐山光毅は、いったい何を意図して、妓楼の飯田屋に斬り込んだというのか？

愛する早与をただ苦界《くがい》から救うためだったにしては、あまりに大勢を殺傷し過ぎている。

では、嵐山は早与を苦界に送り込んだ大人たちに怒り、みんなに報復しようとしたのか？　あるいは、ただ怒りで我を失い、凶行に及んだのか？

いまとなっては、当の本人が死んでしまった以上、本当の理由や訳は分からない。

「いいか、龍之介、嵐山は、その早与という女子を追って死んだ。つまりは相対死《あいたいじに》、情死《じょうし》だ。武士の切腹ではない」

佐川官兵衛はきっぱりといった。

「……情死ですか」

「そうだ。情死だ。いいか、よく覚えておけ。武士が女子のために死ぬのはもってのほかだ。家訓十五ヵ条になんとあるのか思い出してみよ」

会津藩の家訓十五ヵ条は藩祖《はんそ》保科正之《ほしなまさゆき》が定めた、藩士たる者が守るべき憲法だ。日新館生たちが、子どものころから、常に暗誦《あんしょう》している家訓である。

龍之介は家訓に婦女子についての戒《いまし》めがあるのは知っていた。

「一、婦女子の言、一切聞いてはならない」

しかし、と龍之介は内心思った。

そうはいっても、嵐山光毅の場合、相手の早与から聞いて事を起こしたわけではない。苦界に身を落とした早与に同情して決起したのであって、この家訓の戒めには当てはまらないのではないのか。

「先生、日新館の六行《りっこう》のひとつには、親族や友人に災難がふりかかった時には救いの手を差し伸べよと。嵐山は黙っていられなくなり、許婚の女子を救おうとして手を伸ばしたのではございませぬか」

「龍之介、だからといって、楼主をはじめ、女将や客たち、六人もの命を奪っていい、と思うか?」

「いえ、いいとは思いません。しかし、……」

「いいか。殺されたやくざにも家族がいる。女房子どももいよう。やくざだから殺されていい、というわけにはいかない。楼主や女将たちはもちろん、捕り方の侍二人にも家族がいた。一人殺せば、その人の連れ合いや子どもを路頭に迷わせ、家族みんなが不幸になる。嵐山は、そこが分かっていない。己れさえ死ねば、すべて済むと勘違いしておる。とんでもない話だ。一人殺すことは、とてつもなく大勢の人を巻き添えにする。そのことを考えての行動だったかを考えてみよ」

「はい。……」

龍之介は佐川官兵衛から諭されて、初めて気付いた。嵐山一人が腹を切って、責任を取ればすべて終わるという話ではないのだ。

「龍之介、少しは分かったようだな」

佐川官兵衛は目を細めて笑った。

「嵐山光毅の死は、形は同じ切腹ではあっても、武士の切腹ではない。死ぬ意味が違う。武士は義に生き、義のために死ぬ。義とは、大君《たいくん》に対する忠義だ。だから、武士は滅多なことで腹は切らぬ。まして惚れた女子のために腹を切るなどもってのほかだ。龍之介も権之助も、そのことを、よく心に刻んでおけ」

「はい」「はいッ」

龍之介と権之助は、揃って返事をした。

「分かったなら、行け」

佐川官兵衛は顎をしゃくった。

龍之介と権之助は、佐川官兵衛の説教から、ようやく解放され、ほうほうの体《てい》で道場の廊下に出た。

廊下で待っていた河原九三郎《かわはらくさぶろう》と鹿島明仁《かしまあきひと》、五月女文治郎《さおとめぶんじろう》が、二人に駆け寄った。

「おい、ほんとに長い説教だったな。おれは待ちくたびれたぜ」

「外までがんがんと先生の怒鳴り声が聞こえていたぞ」

「おまえら野次馬根性で嵐山の乱心を見に行ったのが、いけなかったんじゃないか」

九三郎たちは口々に龍之介と権之助をからかった。

廊下ですれ違う藩校生たちは、興味半分に龍之介たちをじろじろ見ながら通り過ぎる。

「何いってやがる」

龍之介は抗弁《こうべん》した。

「おれたちは野次馬根性で飯田屋に駆け付けたんじゃないぞ。嵐山光毅さんが心配で見に行っただけだ」

九三郎が頭を左右に振った。

「だけどな。おまえらが師範室に呼ばれて、お説教をくらっている時、おれたちも全員、講堂に集合し、師範たちから厳重注意がなされたんだ」

「厳重注意？　どんな」

「まず、第一に、遺憾《いかん》ながら、本校生徒一名が女郎をめぐって乱心し、あろうことか妓楼に斬り込み、多数を殺傷する事件を起こした。本校生はくれぐれも女郎などに惑わされることなく、普段から平常心を保つべし」

嵐山光毅の二の舞をするな、ということだな、と龍之介は思った。

「第二に、いうまでもないことだが、本校生は廓への出入りを厳禁する。勉学に勤《いそ》しむ藩校生の分際で、色街に通うとは、何事だ。軟弱極《きわ》まりない。恥を知れ、と。それでもなお色香《いろか》に惑わされ、廓に出入りした者は即刻退学処分とする」

厳しい措置だが、止むを得ないだろうな、と龍之介は思う。

「第三に、あろうことか、本校生数名が、野次馬根性丸出しに、事件現場に行ったことが分かった。龍之介、おまえたちのことだぞ。その本校生たちには、いずれ厳重な処分が下るが、ほかの本校生たちはゆめゆめ真似することがなきよう」

龍之介は苦笑《にがわら》いした。野次馬根性といわれれば、そうかも知れないが、自分としては、やはり六行の一つ、友人に災難がふりかかったら、救いの手を差し伸べるという心得があってのことだった。

「おれたちだけではない。な、龍之介」

権之助が反発した。龍之介もうなずいた。

「うむ。おれたちだけではない。横山勇左衛門《よこやまゆうざえもん》先輩も先に駆け付けていたものな」

そういえば、横山勇左衛門は、どうしているだろうか。彼は、嵐山光毅の事情を一番よく知っていたはずだった。

もしかすると、勇左衛門も別に学校から呼び出され、厳しく事情を聴かれているかも知れなかった。

龍之介たちは帰り支度をし、日新館から外に出た。辺りは一面、真っ白な雪景色だった。

大勢の藩校生たちが雪に覆われた坂道をぞろぞろと下って行く。冷たい北風が吹いて、細かな雪を舞い上がらせる。

龍之介たちは首に襟巻をし、風を避けながら、雪道を固まって歩いた。

五月女文治郎が興味津々《しんしん》な顔で、龍之介と権之助に訊いた。

「ところで、おぬしたち、嵐山さんの切腹を見たのだろう？　どうだった？」

「どうだったって、悲惨なものだった。二度と見たいと思わない」

龍之介は正直にいった。嵐山光毅が切腹するところは見なかったが、背中で感じていた。

振り向くと嵐山は腹に突き立てた刀を横に引こうとしていた。その必死な苦悶《くもん》の顔が目の奥に深く焼き付いた。生臭い血の臭いが鼻を突いた。

だが、それも一瞬のことで、大槻弦之助の刀が一閃《いっせん》し、嵐山の首が血飛沫《ちしぶき》とともに斬り落とされた。苦悶の表情のままの嵐山の頭が畳の上に転がっていた。畳に突っ伏した嵐山の軀の首と腹から、どす黒い血が噴き出ていた。龍之介は顔に嵐山の生温かい血が降りかかったのを感じた。

あ、いかん。

思い出すだけで、胃の底から胃液が込み上げてくる。

「おい、龍之介、どうした？」

龍之介は、その場に蹲《うずくま》り、激しく嘔吐した。だが、胃の中は空っぽで、苦い胃液を吐くだけだった。

「しようがないな」

九三郎が龍之介の背を擦《さす》っていた。権之助や文治郎、鹿島明仁も心配そうに龍之介を覗き込んでいた。

「吐くものもないんか」

龍之介は昨夜以来、何も食していなかった。何を食べても吐いてしまっていた。胃液でも吐けば気が落ち着く。

「そんな様子では、相当にひどかったんだな」

文治郎が慰め顔でいった。明仁もうなずいた。

「それはそうだろう。人が目の前で、腹をかっ切るんだから。想像するだけで身の毛がよだつ」

九三郎が権之助にきいた。

「権之助、おぬしは、切腹を見たのに、まったく平気みたいだな」

「それがしは、嵐山さんが切腹するのを見ていないんだ。飯田屋の外に立っていただけだから」

「遺体は見たのか？」

「うむ。捕り手たちが、ひとりずつ、遺体を戸板に載せて、どこかに運んで行くのを見ただけだ。それでも斬られた人たちの死に顔は、どれも凄い形相をしていて忘れられない。その日は飯も喉を通らなかった」

権之助も思い出し、気分が悪くなったのか、口を手で押さえ、よそを向いた。必死に吐き気を堪《こら》えていた。

龍之介は、ようやく吐き気が治まり、立ち上がった。

文治郎が声をかけた。

「大丈夫か」

「なんとか、大丈夫だ」

思い出さぬようにすればいいんだ、と龍之介は自分自身に語りかけた。

九三郎が、そっと訊いた。

「介錯したのは、誰だった？」

「大槻弦之助殿だ」

物知りの鹿島明仁がうなずいた。

「その名前、知っている。一昔前、日新館道場で高名《こうみよう》を馳《は》せた剣の遣い手だ。日新館道場の四天王《してんのう》と呼ばれた一人だ」

龍之介は、大槻弦之助の静かで落ち着いた所作《しょさ》や剣捌《さば》きが目に焼き付いていた。

大槻は嵐山光毅の首を一刀のもとに斬り落とした後、嵐山の亡骸《なきがら》に一礼し、「立派な自裁《じさい》でござった」と話しかけた。ついで、懐紙《かいし》で刀の血糊《ちのり》を拭《ぬぐ》い、刀身を腰の鞘《さや》にゆっくりと納めた。それから、部屋の外に詰めていた捕り手の同心たちを呼んだ。

大槻は転がった嵐山の頭を大事そうに両手で捧げ持った。大槻は嵐山の頭を、眠るように横たわる早与の遺体に添わせて置いた。それから、早与と嵐山の二人に合掌《がっしょう》し、「南無阿弥陀仏」と低く唱えていた。

部屋に入って来た役人たちは、大槻のやることに口を出さず、じっと見守っていた。

龍之介は、死者を弔《とむら》う大槻の真摯《しんし》な態度に打たれ、身動《みじろ》ぎも出来ずに見ていた。

「明仁、大槻弦之助殿について、ほかに何か存じておらぬか？」

鹿島明仁は、会津藩の藩内のことに妙に詳しかった。そのため、いま藩内で何が起こっているかを知るには、明仁に訊くのが、最もてっとり早かった。

鹿島明仁は歩きながら考え込んだ。

「十年ほど前にあった大嶋《おおしま》事件で、大槻名の藩士が藩から処分されていた」

「大嶋事件？」

龍之介も子ども心に、かすかに、その事件について聞き覚えがあった。

「若年寄の大嶋多門《たもん》と家老の一乗寺常鷹《いちじょうじつねたか》が対立し、大嶋側が暴走して事件を起こした。そのため大嶋側の家臣何人かが藩から処罰された。大嶋家はお家断絶、その家臣も何家かがお取り潰しになった。大槻家の名があったと思う」

「何が原因しての抗争だったのだ？」

「分からない。藩の文庫館に記録があると思う。ともあれ、藩にとっては芳《かんば》しくない事件だったと思う」

「そうか。大槻弦之助の話になった時、うちの兄上もいっておった。物事には知っていた方がいいことと、知らない方がいいことがある、とな。大事なことは、藩上層部の出来事に一切《いっさい》関わらぬことだ、とも」

「つまり、兄上は、事件のことを調べるな、といっているのだな」

「そうだろうな」

「では、調べない方がいいのではないか」

明仁は笑った。

調べるなといわれると、逆に調べたくなる。知らない方がいい、といわれると、逆に知りたくなる。己れは臍曲《へそまが》りなのだろうか？

龍之介はため息をついた。

「どうも、気になる。明仁、内密に調べてくれぬか」

九三郎も文治郎も権之助も、呆れた顔で龍之介を見ていた。

また雪が降ってきた。龍之介たちは肩に降りかかる雪を払いもせず、黙々と家路を急いだ。

二

数日後、日新館の道場での寒稽古《かんげいこ》の帰り、家の前に来ると、蓑笠《みのかさ》を被った侍が龍之介を待っていた。

侍は蓑笠の下に黒い覆面《ふくめん》をしているので、目だけは見えるが顔は分からない。目元の涼しい男は、覆面に籠もった声でいった。

「望月龍之介だな」

「はい」

龍之介は蓑笠の侍を見て、天狗老師《てんぐろうし》の使いだ、と直感した。侍の身のこなしには、まったく隙がなかった。腰には脇差し一振りが差してあるだけの身軽さだった。

「天狗様がお呼びだ。ついて参れ」

蓑笠の侍は、それだけいうと、踵《きびす》を返し、雪道をすたすたと歩き出した。

龍之介は慌てて蓑笠を追った。蓑笠は歩いているのに、まるで走っているかのように速い。そのため、龍之介は走らねば、蓑笠の侍に付いていけなかった。

蓑笠の侍は、龍之介が付いてこないと見ると、しばらく佇《たたず》み、龍之介が追い付くのを待った。だが、龍之介がやっと蓑笠の侍の居る場所に着くと、また無言のまま、走るように歩き出す。

行き先は、案《あん》の定《じょう》、雪を被った飯盛山《いいもりやま》の麓《ふもと》だった。蓑笠の侍は飯盛山に登る山道の入り口付近で立ち止まった。道の先は雪に覆《おお》われた森が拡がっている。

蓑笠の侍は、飯盛山に向かい、真言《しんごん》を唱えながら、手刀で縦横に桝《ます》を切るかのように空《くう》を切った。そして、気合いをかけ、柏手を打った。

蓑笠の侍は、それが終わると、山道を登りはじめた。やがて森の陰から、ひっそりとした雪に埋もれた木小屋が現われた。屋根の煙突から青白い煙が上がっている。

雪が降る前に、こんな小屋があっただろうか、と龍之介は不思議に思った。見かけた記憶がない。

蓑笠の侍は立ち止まると、そこで待てという仕草をし、木小屋の扉を叩いた。やがて、扉が開き、中から白髪を肩に垂らした老人が顔を出した。見覚えのある天狗老師の顔だった。龍之介は慌てて、肩に担いだ竹刀《しない》に括り付けた稽古着を下ろし、頭を下げた。

「天狗老師様、お呼びでございましょうか」

「うむ。望月龍之介、おぬしはまだ未熟だが、なによりも大事な、根性があると見た。まだ試しだが、打ち込みの稽古をしろ。その成果次第で、弟子にしよう」

「はいっ。ありがたき幸せ。それがし、必死に稽古いたします」

「まだ喜ぶのは早い。これまで、最初の稽古で、だいぶ多くの者が挫折して去った。おまえも、そうなるかも知れぬからな」

天狗老師は、蓑笠の侍に目配せした。蓑笠の侍はうなずき、龍之介に「付いて参れ」といい、小屋の前の空き地に入って行った。空き地は人の入った跡がなく、蓑笠の侍の雪沓《ゆきぐつ》の跡が新しく出来ていく。

森に入る手前で、蓑笠の侍は止まった。そこには、人の腰ほどの高さの雪饅頭《まんじゆう》が、一間《いつけん》半ほど離して並んでいた。その雪饅頭の天辺《てつぺん》に太い丸太が渡してあった。横木の上にはうっすらと雪が積もっていた。だいぶ長い間、放置されている様子だった。

蓑笠侍は無言のまま、雪饅頭の傍《かたわ》らに突き刺してあった木の棒を引き抜いた。

蓑笠侍は、横木の前に立ち、無造作に棒を大上段に振り上げた。

キエエーイ。

蓑笠侍は裂帛《れっぱく》の気合いをかけ、横にした丸太に棒を打ち込んだ。丸太から雪が舞い上がった。打ち込まれた丸太は一太刀で真っ二つにへし折れた。

「凄い」

龍之介は思わず感嘆した。蓑笠侍は手にした棒を龍之介に渡した。

「今度はおぬしがやってみろ」

蓑笠侍はへし折れた丸太をどかし、雪原の中から新たな杉の丸太を取り出した。その丸太を二つの雪饅頭の上に渡して置いた。

「腰を入れて打ち込め」

「はい」

龍之介は足場を踏み固め、棒を大上段に振り上げた。気合いもろとも棒を横木に打ち込んだ。

丸太の横木は打った瞬間、一瞬撓《たわ》んだものの、折れずに跳ね上がった。雪饅頭の天辺が崩れ、雪が舞い上がった。

龍之介は打った瞬間、棒を持った手が痺《しび》れた。思わず棒を落とした。

蓑笠侍は笑った。

「ははは。手や腕だけで丸太を打ったら、手が痛むに決まっている。棒と全身を一体にして、柔らかく打て。衝撃を全身で受けて、躯全体に逃がすんだ」

「はいっ」

龍之介は慌てて棒を拾い上げ、再び上段に構えた。

再度、気合いもろとも棒を丸太に打ち込んだ。また手が痺れる。

「続けろ」

「はいっ」

龍之介は何度も繰り返した。その度《たび》に棒を握る手に痛みが走り、痺れかけた。だが、何度も繰り返すうちに、次第に、棒で丸太を叩く打撃を、うまく腕や腰、全身に伝えることが分かってきた。

だが、丸太は打つ度に少し撓《しな》ったものの折れなかった。そして、丸太を載せてある雪饅頭の天辺が徐々に崩れ、丸太が雪にめり込んでいった。

これは難しい。いくら打ち込んでも、折れる気配がない。

龍之介は心の中で焦った。

それから、続けざまに何十回も、棒で丸太を連打したが、丸太は雪饅頭の天辺を削るだけで、一向に折れない。

「龍之介、初めから折ろうと焦《あせ》るな」

背後から天狗老師の声がかかった。

「誰でも最初は、そんなものだ。しばらくは、手が痺れるだけ」

「はいッ」

龍之介は今度は折るつもりではなく、丸太の一点に気を集中させ、棒を打ち込んだ。反動で一瞬手が痺れかけるが、握りを緩めて衝撃を緩和させる。

「よし。その調子だ。それで、毎日千本打ち込むのだ」

「千本も打ち込むのですか」

龍之介は思わず呻《うめ》いた。

「そうだ。毎日、ここに通い、横木が折れるまで、千本打ちを行なえ」

「はいッ」

龍之介は元気よく叫んだ。

振り向くと天狗老師と蓑笠侍が、胸に腕組みをし、並んで龍之介を見ていた。

「一、二、三……」

龍之介は、回数を怒鳴りながら、棒を横木に打ち込んだ。そのうち、軀が火照《ほて》り、全身汗びっしょりになっていた。

「七百七、七百八、七百九、七百十」

龍之介は叫びながら、打ち込んだ。日は落ちて、あたりはすっかり薄暗くなっていた。丸太は雪饅頭から外れたりするが、折れそうな気配はなかった。

「……九百九十九、千ッ」

打ち終わり、荒い息をしながら、後ろを振り向いた。いつの間にか、天狗老師も蓑笠侍も姿を消していた。

これを毎日、やれというのか。

龍之介はいささかうんざりしながら、両の掌《てのひら》を開いた。

両掌は擦り切れてささくれだち、血が滲んでいた。熱っぽく腫れ、血豆も出来ている。龍之介は雪面に両手を突き入れて冷やした。じっと雪に手を入れていると、今度は擦り傷が痛んでくる。龍之介は雪で冷ました手を手拭いで拭き、懐《ふところ》に入れた。手が火照っている。

森の木の梢《こずえ》で、烏《からす》が龍之介をからかうように鳴き立てていた。

三

翌日、龍之介が素読所に入り、いつもの席に座ると、早速に後ろから小野権之助がにじり寄って、小声で囁いた。

「おい、龍之介、見たか？」

「何を」

「北原従太郎《きたはらじゆうたろう》の顔を」

「北原の顔がどうしたというのだ？」

「声がでかい。もっと小さな声で話せ。みんなの迷惑になる」

権之助は周囲の生徒たちに手を上げて詫びた。

生徒たちは権之助と龍之介を無視して、教科書の『墨子《ぼくし》』や『呉子《ごし》』を黙読している。

権之助は龍之介に向き直り囁いた。

「さっき、廊下ですれ違って気付いたんだが、北原の顔が異様に赤く腫れている。おそらく、誰かに殴られたんだ」

「誰に？」

龍之介は囁き返した。

北原従太郎は、家老北原嘉門《かもん》の息子である。

そのため、従太郎は父の威光《いこう》を笠に着て、藩校生たちの多くを配下にし、北原一派の頭領となっていた。

「きっと横山さんだ。横山さんは嵐山光毅さんが事を決行する前に会っている唯一の友人だ。嵐山さんは北原従太郎を飯田屋に呼び出し、早与に謝らせるつもりだといっていたそうだ。謝れば許すが謝らなければ、斬るともいっていたそうだ」

龍之介は、嵐山光毅のことを思い浮かべた。飯田屋に立て籠もった嵐山光毅は、最期に北原を斬り、早与と一緒に死ぬといっていた。

「北原は行かないで正解だった。もし、北原が男気を出し、飯田屋に乗り込んでいたら、もう一人死体が増えるところだった」

「そうか。たぶん北原も自分が行けば、ただでは済まない、きっと嵐山に斬られると思ったのだろうな。だから、臆病風に吹かれて行かなかった。だが、横山さんは、それを怒っていた。武士たる者、敵前で逃亡するとは何事か、と。北原のやつ、日頃は偉そうにしているが……」

権之助は、いいかけて急に言葉を噤《つぐ》んだ。廊下の襖が静かに引き開けられた。教授長の大道寺玄界《だいどうじげんかい》が書物を抱いて入って来た。

権之助は慌てて自分の席に戻った。

級長が大声でいった。

「気を付け」

龍之介は座り直し、姿勢を正した。

「礼っ！」

「よろしくお願いします」

龍之介たちは一斉に教授長の大道寺玄界に頭を下げた。大道寺はおもむろに机の上の書物を開いた。

「本日から『孫子《そんし》』の素読を行なう」

生徒たちが騒《ざわ》ついた。

年の暮の授業の最後に、教授長は、新しい年になったら『墨子』『呉子』の素読を始めるといっていたからだ。そのため、生徒たちは『墨子』や『呉子』の予習をしていた。

「『孫子』は兵法書《へいほうしょ》なので、『孔子』や『墨子』と違って実践的でかつ判りやすい。難解な箇所がほとんどない」

「先生、『孫子』の教科書がありません」

級長がみんなを代表していった。

「うむ。では、教材は次回までに用意するように。本日は『孫子』の何たるかを、あらかじめ概説《がいせつ》しておく」

生徒たちは静かになった。

「正直申して、おまえらに兵法書『孫子』は十年早い。だが、まだ若いうちから『孫子』に馴染んでおく意義は大いにある」

大道寺は、じろりと教場を見回した。龍之介を見付けると、うむ、いるな、とうなずいた。

龍之介は、もしかすると大道寺は、特に龍之介に『孫子』を読ませようとしているのかも知れないと思い、背筋を伸ばした。

「孫子は支那《しな》春秋時代の軍人であり、偉大なる軍師、兵法家だ。孫子は戦《いくさ》の何たるかを熟知している。孫子が書いた兵法書『孫子』は、為政者《いせいしゃ》たる君主にとって、さらに君主に仕《つか》える者として、深く読み込んでおかねばならない」

大道寺教授長は腕組みをし、大きく一人うなずいた。

「『孫子』は十三篇からなる膨大な書物だ。その一節一節に含蓄《がんちく》のある兵法の意義が書かれておる。為政者はもちろん、戦を行なう将たる者にとって必読の書だ」

大道寺は卓上の書物を開いた。

「『孫子』、計の篇の始計《しけい》から読む」

大道寺は『孫子』を朗々とした声で読み上げた。

「孫子曰《いわ》く、兵は国の大事、死生の地、存亡《そんぼう》の道、察せざるべからざるなり」

生徒たちはじっと静聴《せいちょう》していた。

「故に、これをはかるに五事《ごじ》をもってし、これをくらぶるに計をもってして、その情をもとむ」

大道寺の素読は続いた。

「一に曰く道、二に曰く天、三に曰く地、四に曰く将、五に曰く法なり」

大道寺は一息ついてまた朗読した。

「道とは、民をして上と意を同じくし、これと死すべくこれと生くべくして、危《あや》うきを畏れざらしむるなり。天とは、陰陽、寒暑、時制なり。地とは、遠近、険易《けんい》、広狭《こうきょう》、死生なり。将とは、智、信、仁、勇、厳なり。法とは、曲制、官道、主用なり。およそ、この五者は、将は聞かざることなきも、これを知る者は勝ち、知らざる者は勝たず」

大道寺はここでいったん素読を止め、生徒たちをじろりと見回した。

「孫子は、こう説いた。戦は民の生死、国家の存亡にかかわる重大事だ。もし、為政者が戦を始めるにあたっては、慎重かつ十分なる情勢の検討を行なう必要がある、とな。戦は、ただ武力を行使するだけでは勝てない。戦に勝つためには、五つの事を疎《おろそ》かにしてはならないというのだ。それが、道、天、地、将、法だ」

大道寺は一息つき、また続けた。

「まず何よりも大事なことは道である。道とは、臣民《しんみん》の意志と為政者の意志とを一致させる道理がなければならない。それがあって、初めて臣民はいかなる危険をも怖れず、君主と生死をともにするのだ」

龍之介は、なるほどと、深くその件を記憶した。

大道寺は、自分でもうなずきながら、話を続けた。

「その上で、四つの要素がある。天とは、天候や季節、時期などのみならず、情勢はどうなっておるのか、だ。地とは、地勢や地形、距離や戦場の広さ、険しさ、高さなどはどうなっておるのか？　将とは、戦の指揮官、指導者が知謀《ちぼう》、信義、勇気、仁愛《じんあい》、威厳を備えておるか否か。法とは、軍の組織や編成がちゃんと整っているか、兵は規律を守っているか、さらに、武器や装備は整っているか、ということだ」

大道寺は続けた。

「孫子がいうことには、将なる者は、これら五つの条件を、よく認識してこそ勝利できる。もし、十分に認識できていなければ、戦には勝てない、と説いたのだ」

大道寺は言葉を止め、生徒たちの顔を見回した。

「孫子は、こういう。兵は詭道《きどう》なり。故に、能なるもこれに不能を示し、用なるもこれに不用を示し、近くともこれに遠きを示し、遠くともこれに近きを示し、利にしてこれを誘い、乱にしてこれを取り、実にしてこれに備え、強にしてこれを避け、怒にしてこれを撓《みだ》し、卑にしてこれを驕《おご》らせ、佚《いっ》にしてこれを労し、親にしてこれを離す。その無備を攻め、その不意に出づ。これ兵家の勢、先には伝うべからず」

生徒たちは、一生懸命、大道寺が素読した意味を理解しようと努めていた。

「わしが解釈しよう。兵は詭道なり、とは、戦術の要諦《ようてい》は敵を欺《あざむ》くことにある、というのだ。たとえば、できることなのに、できないふりをし、必要なものを不用だと見せかける。遠ざかると見せかけて近付き、近付くと見せかけて遠ざかる。有利と見せかけて誘い、混乱させて撃つ。実力十分な敵には退いて態勢を整える。強力な敵と正面から当たるのは避ける。敵を挑発《ちょうはつ》して怒らせ、消耗させる。低姿勢に出て、相手を油断させる。落ち着いた敵には、事を構えて疲れさせる。堅くまとまっている敵は離間させる。こうやって敵の弱味に付け込み、意表を突く。こうした戦術の運用は、状況の変化に応じて、自在に駆使すべきなので、あらかじめ決めておいてはいけない」

大道寺は話を止め、笑いながら、みんなを見回した。

「どうだ、孫子はおもしろいだろうが。こうやって、孫子は戦略戦術を諄々《じゅんじゅん》と説いていくのだ」

生徒たちは私語し、騒ついた。

大道寺教授長は、穏やかに藩校生の一人を指して尋ねた。

「修理《しゅり》、おまえは、どう思うか」

「どう、といわれましても」

龍之介は修理と呼ばれた上級生を振り向いた。神保《じんぼ》修理は最上級生で本来は出席する必要がなかったが、大道寺教授長の素読の折には、龍之介たち下級生に混じって素読所に出ていた。

神保修理は日新館一の秀才といわれ、将来を嘱望《しょくぼう》されていた。大道寺教授長の一番弟子と目《もく》されていた。

「おぬしは、すでに『孫子』は読んでおるな。おぬしの孫子についての考えを聞きたい」

「はい。それがしは戦は好みませぬ。戦は国を荒らし、大勢の民を不幸にします。それがしは非攻を唱える墨子の考えに共感いたしております」

「うむ。だが、たしかに墨子は非攻だが、非戦ではない。こちらからは相手を攻めぬが、相手から攻められたら、戦う」

「はい。そうだと思います」

「では、戦になったら、いかがいたすのか？」

「その前に戦にならぬよう、日頃から国を豊かにし、相手から攻められぬように十分なる備えをしておきます」

「それでも相手が侵略してきたら、いかがいたす？」

「止むを得ませぬ。戦うことになりましょう」

「戦う以上は、勝たねばなるまい」

「はい。戦に敗けては、民が苦しみ、国も滅びます」

「そうなのだ。修理、孫子も戦を望んでおらぬ。おらぬが、戦は起こる。戦を仕掛けられたら、勝たねばならない。孫子は、その場合の戦い方を、戦略戦術を説いておるのだ」

大道寺は修理から龍之介に目を移した。

龍之介は大道寺から指名されると覚悟を決めた。

「龍之介、おぬしは、孫子について、どう思った？」

龍之介はちらりと神保修理の方を見た。修理は興味深そうに龍之介を見ていた。

「それがし、不勉強でして、まだ『孫子』を熟読しておりませぬ」

大道寺はにんまりと笑った。

「いまの序論の始計について、感じたことだけでいい。正直に思ったことをいえ」

龍之介はじっと大道寺を見つめた。

「はい。では、申し上げます。為政者がいくら口実を作っても、民と一致しない、大義なき戦は必ず敗ける、道理のない戦は勝てない、という言葉が、胸にずっしりと響きました」

「うむ。そうなのだ。道理もなく大義もない戦は、いくら為政者が臣民を叱咤激励《しったげきれい》しても、勝つことはできぬ、敗けて国を滅ぼす、ということだ。いいな、みんなも、そのことを深く心に銘記《めいき》しておくように」

大道寺教授長はみんなにいい聞かせるようにいった。

龍之介は大道寺玄界が、なぜ、あえて『孫子』を取り上げ、藩校生たちに戦について教えようとしているのか、ようやく思いいたった。もしかして、会津が遠からず戦乱に巻き込まれると考えてのことなのではないだろうか。龍之介は、しっかりせねば、と自分自身を叱咤した。

四

北西からの寒風《かんぷう》が馬場に積もった雪を巻き上げた。武者窓の格子《こうし》の間から、雪混じりの風が吹き込んでくる。

九三郎は素振りを止め、手を擦《こす》り合わせながら、火鉢を囲んでいる門弟たちの人垣に割り込んだ。

「さぶい、さぶい。凍えて死にそうだ。俺にも火鉢にあたらせてくれ」

門弟たちは九三郎に火鉢にあたる場所を譲った。九三郎は火鉢に近寄り、傍《そば》にいた龍之介にいった。

「うう寒《さぶ》いなあっす。いっくら素振りをしていても、冷たくて手や足がかじかんでしまうべな」

「だが、外の雪んなかで稽古するよりは、まだましだ」

龍之介は笑った。

　龍之介もまた、いくら素振りをしていても軀が温まらないので、稽古を中断し、火鉢に暖《だん》を取りに来た口である。

「先生たち、来ないなあ」

「どうしちまったんだろ」

　九三郎は炭火にかざした両手を揉むようにしながら呟いた。

　龍之介は道場の中を見回した。

　道場のあちらこちらに置いてある火鉢の周りに、稽古着姿の門弟たちが稽古をやめて人だかりを作っている。

　いまは、上級生たちの打ち込み稽古の時間だった。上級生たちの稽古が終わるまで、龍之介たち下級生は道場の外や廊下、空いている教場で待たされる。

　龍之介たちは、火鉢にあたりながら、上級生たちが激しく打ち込みの稽古をしているのを眺めていた。

「やっぱり、いないいな」

　隣に座った権之助が笑った。

「誰が？」

「北原従太郎だよ」

龍之介も稽古着姿の上級生たちを目で追った。たしかに北原従太郎の姿がない。取り巻きの佐々木元五郎《ささきげんごろう》や葛井主水《くずいもんど》は、師範代から厳しく稽古を付けられている。親分の北原従太郎がいない、ということで北原一派の連中は、少し元気がないように見えた。

一方の嵐山派の津川泰助《つがわたいすけ》や石根彦次郎《いしねひこじろう》たちも首領《しゆりよう》の嵐山光毅がいなくなったため、
気落ちしているらしく、動きにまったく精彩《せいさい》がなかった。

鹿島明仁が寄って来て、龍之介にいった。

「いま藩のご家老たちは嵐山光毅が起こした事件の後始末に大わらわになっている」

「そうだろうな」

龍之介も唸るようにいった。

「こちらも、先生方たちの姿がない。先生方も事件の善後策を話し合うべく、鳩首《きゆうしゆ》
会議を開いている」

いつもなら出て来る指南役をはじめ、師範の先生たちは全員、寒稽古に出て来ず、
師範代たちに任せていた。

傍らに九三郎が寄って来た。

「明仁、いったい、ご家老たちは、何を騒いでいるのだ？」

「郡奉行《こおりぶぎょう》をしている嵐山仁兵衛《じんべえ》様が、ご家老に辞表を出したそうだ。息子光毅の不祥事につき、親として責任を取りたいと」

龍之介は訝《いぶか》った。

「どうして息子の光毅がやったことなのに、親が責任を取るというんだ？」

五月女文治郎が脇から口を出した。

「親の責任はあるだろう。そういう息子に育てた親の道義的な責任が」

「だけど、光毅はすでに元服《げんぷく》を済ませた大人だろう？　大人になった息子の不始末の責任が親にも及ぶなんてのは、そんな理不尽な話はないぞ」

「それがこの世の習いというものだ。世間では、それが道理なんだ」

文治郎が大人びた口を利《き》いた。

龍之介は納得出来なかった。

「息子が子どもだったらともかく、一人前の大人だぜ。息子と親は別だろう。お互い別人格じゃないか」

小野権之助が膝を進めた。

「龍之介のいうことは分からないでもないが、世間では、それでは通らないんだよ」

「その論法でいくと、では、親が何か不始末をしたら、息子も連座して責任を取るということにならんか？」

権之助は大きくうなずいた。

「そういうことだ。だから、親は息子や娘を考えて自重《じちょう》する。不祥事を起こさないようにする。息子も親や家族を巻き込むかも知れないとなれば、変な行ないはできない。それで、世の中、平和で安寧《あんねい》なんだよ」

「くだらん」

龍之介は頭を振った。権之助が訊いた。

「明仁、それで嵐山の父親には、どういう処分が下りたのだ？」

「藩の執政たちからすれば、嵐山仁兵衛様は、郡奉行として、材木や桑《くわ》の栽培、養蚕《ようさん》業育成、水田開発などの功労があり、藩はいま嵐山様に辞職されると困る。何しろ、地震で倒壊した江戸上屋敷や中屋敷の再建には莫大な金がかかる。嵐山仁兵衛様が郡奉行としていないと、その巨額な資金を掻き集められない」

「とすると、嵐山仁兵衛様の処分は、軽いものになるな。処分が出ても形式的なものになるとか」

九三郎が脇からいった。明仁は小声で答えた。

「そういうこと。いま家老会議で出ている処分案は、嵐山仁兵衛様に形式的に閉門蟄《へいもんちっ》居《きょ》一ヵ月を命じるが、息子の不祥事の責任は不問、郡奉行の任は解かず、そのまま執務を続行せよ、というものだ。その謹慎一ヵ月というのも、実際は地方の役所に何日か詰める程度にして解除するらしい」

「肝心の嵐山仁兵衛様は、どうした？」

「嵐山仁兵衛様は長男光能《みつよし》様とともに、藩や日新館の皆様にご迷惑をおかけして申し訳ないと、自宅に謹慎しているとのことです」

「それで一件落着《らくちゃく》か。そうだろうな、それ以上問題を大きくしたくないだろうからな」

龍之介は頭を振った。

明仁はため息混じりにいった。

「いや、落着というわけにはいかないのだ。幕府にも一応報告せねばならない」

「幕府に報告せねばならない？　なぜだ」

「幕府の大目付は全国津々浦々まで目を光らせている。藩内で内紛があると、その事情を調べ、藩主に対し、場合によっては、藩の改易とか、お取り潰しにしようというのだ」

「まさか、徳川親藩の会津が、そんな目には遭わぬと思うが」

九三郎が呻くようにいった。

明仁はにんまりと笑った。

「しかし、ご家老たちは、事をどう収めるかで、大弱りだった。内々に事を収めようにも、犠牲者があまりに多い。大勢が見ているなかでの惨劇だ。嵐山光毅を含め、九人も死んでいるのだからな。楼主と女将、早与、やくざの親分、さらには教授も一人殺されているし、捕り手の侍も二人斬られた。遺族たちは、こぞって慰謝料や賠償を出せといっているらしい。嵐山仁兵衛殿も遺族たちにお詫びをし、事を穏便《おんびん》に済ませるため、しかるべく補償金を出そうとしている」

鹿島明仁がしたり顔でいった。九三郎が驚いた顔でいった。

「嵐山仁兵衛様が、息子の不始末を詫びて、遺族たちにカネを払うというのか？」

「そうらしい。だが、おそらく楼主と女将、やくざの親分には、お涙金しか出ないだろう。北原の子分だった後藤修次郎は、嵐山との喧嘩だったとして、喧嘩両成敗《りょうせいばい》となり、補償も慰謝料も出ない」

「それは気の毒だな。北原従太郎のいうことを聞いて、早与殿を買ったツケが回ったということだな」

「それは痛いツケだな」

権之助が顔をしかめた。龍之介はいった。

「あとは捕り手の侍二人と、日新館の大口楠道《おおぐちなんどう》教授にどうするか、だな」

「捕り手の侍二人は公務だった。目付の命令で、嵐山を討ちに行き、返り討ちにあったんだな。だから、二人には藩から一応、手当てが遺族に出される。しかし、それだけでは、申し訳ないというので、嵐山仁兵衛様はお詫びの慰謝料を出すらしい」

九三郎はため息をついた。

「残る問題は、大口楠道教授だな。明仁、何か聞いていないか」

明仁はみんなを見回した。

「ご家老たちは大口教授については、日新館の先生方に任せるつもりだ」

「先生方は、どう始末をつけるつもりなんだろう？」

明仁はうなずいた。

「先生方が頭を抱えているのは、そのことなんだ。どうして日新館の教授ともあろう方が、遊廓に遊びに行っていたのか、だ。先生たちも男だ。自分たちもかつては遊廓へ行って遊んだことがあるので、一概《いちがい》に大口教授を責めることはできない」

「同じ男として日新館の先生でも遊廓に行くのは分からないでもないというのだな」

「だが、一人の女郎をめぐって、先生と藩校生が争ったことが表沙汰になると、日新館の沽券《こけん》にもかかわる不名誉なことになる。それで日新館の先生方も頭を抱えている」

明仁は静かにいい、頭を左右に振った。

龍之介たちは、みな黙った。

大口楠道は蘭学《らんがく》の先生だった。洋式砲術や洋式銃の解説書の多くは和蘭《オランダ》語で書かれていた。そのため藩は長崎《ながさき》に何人もの学生を送り、和蘭人から和蘭語や洋式砲術を習わせた。大口は、そうした語学修習生の一人だった。大口は会津に戻ると、林権助《はやしごんすけ》大砲奉行や山本覚馬《やまもとかくま》教官とともに洋式砲術や西洋事情の講義を受け持っていた。

龍之介も大口先生の授業に出て、蘭学の勉強に勤《いそ》しんでいたが、なかなか和蘭語に馴染めなかった。

大口教授は三十代の若手で、溌剌としており、教え方も上手だったので、学生の間では人気があった。独身で男前ということもあり、縁談の話もだいぶ寄せられていたらしい。だが、大口教授は、これまで独身を貫いていた。

大口家は代々が猪苗代湖畔《いなわしろこはん》の豪農郷士で、楠道は三男坊だった。本家の家督は長男が継ぎ、三男の楠道は好きな学問の道に進むことが出来た。長崎で習ったらしい西洋画術で洋風絵画を描く趣味もあった。根っからの文人で、武道は不得手《ふえて》だった。

　そんな大口楠道教授が、なぜ、早与に入れ揚げたのかが謎の一つだった。

　龍之介が明仁に訊いた。

「明仁、おぬし、どこから、そんなご家老たちの話を聞き込むのだ？」

「それをいったら、お仕舞いよ。ま、天から、聞こえてきたとでもいっておこうかな」

　明仁は笑いながら、ごまかした。

　見所《けんぞ》に指南役の佐川官兵衛が姿を現わした。続いて安藤主馬《あんどうしゆめ》師範や伴康介《ばんこうすけ》師範たちが談笑しながら現われ、見所に座った。

　先生たちは、みなほっとした顔をしていた。

　龍之介は明仁と顔を見合わせた。

「どうやら、大口先生の件について、対処方針が決まったらしいな」

　師範代の相馬力男《そうまりきお》が見所の前に立ち、大声で叫んだ。

「よーし、上級生たちの寒稽古は終わりだ。下級生たちと交替しろ」

　上級生たちはまだ稽古不足だと文句をいっていたが、ぞろぞろと道場から出て行った。

「下級生たち、集合」

その声に、龍之介たちは見所の前に集まって並んだ。

指南役の佐川官兵衛は、見所に正座し、腕組みをしながら、門弟たちを凝視《ぎょうし》していた。

師範代の相馬力男が竹刀の先で龍之介を差した。

「龍之介、それがしが打ち込みの相手をしよう。参れ」

「お願いいたします」

龍之介は気を取り直し、相馬力男に一礼した。自分自身に気合いを入れ、蹲踞《そんきょ》の姿勢になった。師範代と正対し、竹刀を構えた。

いつになく師範代の相馬の軀が大きく見えた。龍之介は、立ち上がると同時に、師範代に向かって跳び、竹刀を打ち込んだ。師範代は龍之介の竹刀を軽く受け流した。

龍之介は息もつかず、連続して竹刀を師範代に打ち込んで行った。

五

翌日の午後、戟門《げきもん》前の掲示板に、一枚の告示が貼り出された。

日新館館長田中誠之介《たなかせいのすけ》名で出された訃報《ふほう》で、大口楠道教授がこの度、「不慮《ふりょ》の災難」により逝去《せいきょ》された、ここに謹《つつし》んで故大口楠道先生の遺徳《いとく》を偲ぶとともに、深く哀悼《あいとう》の意を表する、とあった。

訃報には「不慮の災難」の説明は、もちろん、大口教授が遊廓に上がっていたこと、嵐山光毅に斬られたことなどは一切触れられていなかった。

大勢の藩校生が掲示板の前に群がり、訃報を読んでいた。藩校生たちは、頭を寄せ合い、ひそひそ話をしていた。

たちまち、その日のうちに大口楠道先生が廓に上がり、一人の女郎をめぐって藩校生の嵐山光毅と取り合いになり、斬られて死んだという、実《まこと》しやかな噂が藩校内に広まった。

龍之介が砲術学の講義を受けようと武講所に入ると、早速、九三郎と文治郎が龍之介の席に膝を進めて来た。

文治郎が声をひそめた。

「日新館からの大口先生の処分はなかったな」

「亡くなってしまった人を、いまさら処分しても意味はないだろう」

龍之介は文治郎にいった。九三郎が反論した。

「しかし、日新館としてのけじめということがあるだろうが。いやしくも廓で我が日新館の先生が殺され、いや亡くなるというのは不祥事《ふしょうじ》もいいところだろう。不名誉極まりないことだ。日新館館長名でしかるべき沙汰が出されるべきだと思うが」

「そういえば、嵐山光毅についても何も書かれていなかったな。大口先生は被害者だ。加害者の嵐山光毅は、罪一等重い。あれだけの人を殺したら、厳罰ものだろう。なのに学校はなんの沙汰も出しておらぬ。どういうことなのだ？」

九三郎があたりを見回した。周囲の藩校生たちは、九三郎や文治郎、龍之介の話を耳をそばだてて聞いていた。

「九三郎、文治郎、いま、嵐山の話をするのはやめろ。あらぬ噂になる」

龍之介は周囲の藩校生を目で指した。

武講所の扉が開き、山本覚馬教官が助手を従えて、教室に入って来た。

「先生に礼！」

級長の号令が下り、龍之介たちはお辞儀をし、姿勢を正した。

「本日は、大砲の斜角度と射程距離などの算出を講義する」

山本覚馬教官は、正面の黒板に白墨《はくぼく》で、叩きつけるように、アラビア文字の算用数字で数式を書いた。

龍之介は筆記帳に、その数式を丸写しするように書き込んだ。

砲術志願の文治郎と鉄砲志願の九三郎は、筆入れから筆を出し、必死に黒板の数式を写している。

山本覚馬教官は、じろりと生徒たちを見回していった。

「これからの戦は、古来からの弓馬や刀槍の戦ではなく、西洋式の大砲やゲベール銃の戦になることを覚悟せねばならない」

山本は断言するようにいった。

「大砲も攻城戦《こうじょうせん》や陣地戦《じんちせん》に使用されるだけでなく、西洋においては、集団戦においても銃と同じように使用され、一発で敵部隊を殲滅《せんめつ》するような破壊力を持つ大砲も出てきている。我々も刀や槍だけに固執《こしつ》せず、洋式の近代兵器や洋式の戦法に習熟《しゅうじゅく》しておかねばならない。……いっておく。昔ながらの精神論だけでは敵に勝てない。これからの戦は科学技術の粋《すい》を集めて開発された銃や大砲での戦になる。そのことを肝《きも》に銘じておくように」

山本の講義は、いつも激烈《げきれつ》で熱が籠もっている。龍之介は聞きながら、まだ見たこともない西洋に興味をそそられていた。

龍之介は文治郎や九三郎と一緒に武講所から出た。

武講所の外では雪がちらつく中、鹿島明仁と小野権之助の二人が立ち話をしながら、龍之介たちが出て来るのを待っていた。

「寒いな」

「どうした？」

「新しいことが分かった」

「ここは寒い。講釈所へ行ってみよう。あそこなら火鉢がある」

龍之介はみんなを誘い、廊下に上がり、講釈所へ行った。講釈所も講義が終わったばかりで、藩校生がぞくぞくと教室から出て来る。

龍之介たちは彼らと入れ替わるようにして教室に入った。教室内の空気は大勢の藩校生の人熱《ひといき》れと、火鉢の炭火の熱気で、ほんのりと暖かかった。

龍之介たちは、空いた大火鉢を囲み、炭火に手をかざした。炭火が冷えきった龍之介たちの軀を温めてくれる。

教室からほとんどの藩校生が次の科目に出て行った。残っているのは、わずか数人の下級生たちだけだった。

その下級生たちも龍之介たちがのっそりと入って来るのを見ると、「失礼しますッ」

と頭を下げながら、逃げるように廊下に出て行った。

権之助が苦笑いした。

「おれたち、そんなにワルそうに見えるのかな」

文治郎が笑った。

「ああ、権之助、おまえのワルそうな面構《つらがま》えを見れば、誰でも身が竦《すく》む。下級生からすれば恐い先輩に見える。何かいちゃもんをつけられんじゃないかってな」

「そうかなあ。おれ、そんな強面《こわもて》かな。誉められると照れちゃうな」

龍之介は文治郎や九三郎と顔を見合い、どっと笑った。権之助は、どうして笑われたのか分からず、きょとんとしていた。

九三郎が、明仁に向き直った。

「さっき、新しいことが分かったといっていたよな。何が分かったというんだ？」

明仁は教室の中を見回し、誰も聞いていないのを確かめた。

「家老たちは嵐山光毅の処分をめぐり、激論を交わしていたが、結局、嵐山光毅は流《は》行《や》り病《やまい》により死亡と決まった」

「なんだって？　流行り病により死亡だと。では、斬られた楼主や女将、やくざの親分は？」

「同じく流行り病で死亡だ」

「無茶な。斬られた後藤修次郎も、流行り病で死んだことになるのか？」

「そうだ。捕り手の侍二人も流行り病に罹《かか》っての死亡だ。なんでも、最近、江戸ではコロリとかいう伝染病が流行っているそうだ。会津の遊廓に、そのコロリが流行ったことにするらしい。それで、すべてお仕舞いにする」

「大口先生も、そのコロリにあたって死んだってわけか？」

「大口先生だけは別扱いだ。流行り病は廓のなかだけでのこと。大口先生は、廓で死んだことにするのはまずい。廓とは別の場所で不慮の災害にあったことにするというのだ」

龍之介は訝った。

「なぜ、家老たちは、そんな手の込んだ、ごまかしをやろうとしているんだ？」

「一つには、御上《おかみ》の立場を考えてのこととしている。江戸では、いま大地震の災害から一刻も早く復興したい、と幕府は全力を挙げている。御上も無事だった三田《みた》藩邸(下屋敷)で、復興のため陣頭に立って采配を振るっておられる。その御上の国元の会津城下で、日新館の生徒一人が女子《おなご》をめぐって乱心し、八人もの人を殺《あや》め、自分も自裁するという不祥事を起こしたとなると、御上の面目は丸潰れだ。御上は国元も治められないのか、と将軍様から叱咤されるだろう」

「なるほど。御上は立場がないのう」

「そうなれば、御上はきっと国元を治めている家老たちに、何をしているのだ、とその責任を問う。となれば、家老たちは、御上や幕府に、嵐山乱心を知らせていいものか、と考える。そこで、事実を隠してしまい、流行り病による病死とし、なかったことにする方が都合がいい」

「そうか。家老たちは責任逃れをするために、事態を初めから何もなかったことにし、闇に葬り去るというのだな」

「そういうことだ。ご家老たちの保身のためだ」

明仁はうなずいた。

「なんてことだ」

龍之介は、みんなと顔を見合わせた。

明仁は付け加えるようにいった。

「だから、おぬしら、龍之介と権之助もお咎《とが》めなしの無罪放免だ」

「なに、おれたちも、学校側から処分が出かかったのか？」

「うむ。学校側とすれば、おぬしたち二人は禁を破り、無断で遊廓に出かけたと認定されていた。停学一ヵ月、自宅謹慎、揚座敷《あがりざしき》入りになるところだった」

揚座敷入りになる者は、一日中、座敷に閉じ籠もり書見《しょけん》する。つまり、決められた書物を読まねばならない刑だ。書を読ませて勉強させ、深く反省させて、再犯を防ごうという狙いがあった。

「やれやれ。助かったな」

権之助は笑った。

「それがしは、何かあると覚悟していたが」

龍之介は頭を振った。揚座敷入りは望むところだが、自宅謹慎となれば毎日夕方に出かけて行なっている飯盛山での打ち込み稽古が出来なくなる。危ないところだった。

「それで、横山勇左衛門さんへの処分は？」

「別件で退学処分された噂のある横山さんについては、学校当局は当初、停学三ヵ月、自宅謹慎、揚座敷入り三ヵ月にしようとしていた」

「重いな。どうして、そんな重い処分なのだ？」

「嵐山光毅が事を起こそうとするのを知りながら、止めもせず、逆に助けたと見られたからだ。だが、これも事件そのものが無かったとなったのだから、横山さんの処分もない」

龍之介はため息をついた。

「ふうむ。いいような、悪いような結末だなあ」

九三郎が呟くようにいった。

「ご家老たちは、それで御上への面目《めんぼく》も立ったのだろうが、嵐山に斬り殺された被害者たちは可哀相だな。何もかも有耶無耶《うやむや》にされてお終いにされるのだから」

みんなは、一様に黙り込み、手を炭火にかざして暖を取った。みな、やりきれない顔をしていた。

九三郎が、沈黙の空気を振り払うように、突然話題を変えて龍之介にいった。

「ところで、龍之介、おぬし、今春、元服を迎えるといっていたが、日取りは決まったのか？」

「いや。決まっていない。父上が江戸からお戻りにならないと」

龍之介は、その後、江戸から何の便りもないのが不安だった。父上は、正月には一度帰郷する、といっていたが、帰って来なかった。

兄の真之助《しんのすけ》は、父上が御上から密命を受けて奔走《ほんそう》なさっているらしい、といっていたが、詳しいことは藩から知らされていない。

「そうか。おれもそうだ。父上が戻らねば、何も決まらぬ」

いる。

九三郎は頭を振った。

九三郎の父河原仁佐衛門《じんざえもん》も鉄砲組組頭として、鉄砲組を率いて府内に入り、下屋敷に詰めていた。そこで大地震に遭遇し、そのまま三田藩邸に居て復興事業に携わっている。

文治郎は済まぬ顔でいった。

「それがしは、春四月に決まった」

「それがしも」

明仁も明るい顔でいった。

「悪いな。おれも四月だ」

権之助も明仁に続いていった。明仁が慰め顔でいった。

「九三郎も龍之介も、そのうち、きっとお父上たちがお帰りになる。遅かれ早かれ、夏までには、元服式ができると思う」

「そうだよ。何も焦って大人になることはない。いまのうち、十分に餓鬼《がき》の気分を味わっておくことだな」

文治郎はにやにやしながらいった。権之助も笑った。

「おれたちが、先に大人になったら、おまえら、大人のおれたちを敬えよ。それが決まりだからな」

「早く、大人になりてえな。大人になったら、餓鬼ではできないことができる」

文治郎がにやつきながら嘯《うそぶ》いた。権之助が文治郎の肩を突っ突いた。

「文治郎、おまえ、大人になったら遊廓に行きたいんだろう」

「ははは。ずばりだ。そればかりか、酒場に入って酒も堂々と飲めるぜ」

文治郎はうれしそうに杯《さかずき》を口に運ぶ真似をした。

「いいね、いいね」

権之助がにやけた。

「おまえら、まだまだ餓鬼だなあ。そんなことしか思い付かないのか。大人になったら、少しは大志《たいし》を抱けよ。もっと大人らしい考えを持てよ。情けない連中だ」

九三郎が呆《あき》れた顔で嘲笑《あざわら》った。

龍之介は、みんなの話を聞きながら、自分が大人になった時を想像しようとした。

大人になったら、見る世界が一変するのだろうか？　大人になったら……。

「少年老い易く、学なりがたし……」

隣の素読所から、素読する声が響いてきた。

六

飯盛山の森は雪に覆われ、木々の枝は積もった雪で撓に垂れている。あたりは人気《ひとけ》なく森閑《しんかん》として静まり返っていた。

龍之介は気合いもろとも、木剣を丸太に打ち下ろした。

八百五十。

木剣で丸太を連打するうちに、回数を間違える。だが、いい加減、その位の回数だと自分に言い聞かせた。

雪饅頭の上に渡した丸太は、毎回来る度に、新しいものに取り替えられていた。何度も打ち込むうちに丸太は撓になり、翌日の打ち込みで折れるのではないか、と思ったのだが、翌日になると、また真新しい丸太に差し替えられているので、また新たな気持ちで打ち込まねばならなくなる。毎日が、その繰り返しだった。

いつになったら、この丸太をへし折ることが出来るのか。自分でも不安になる。だが、黙々と打ち込まねばならない。

それでも、だいぶ打ち込みに慣れてきた。打ち込む際の力の入れ方、抜き方を軀が覚えはじめていた。だから、横にした丸太に木剣を打ち下ろした時の手の痺れが、かなり和《やわ》らぐようになった。かといって打突《だとつ》が弱くなったわけではない。

木剣を横にした丸太に打ち込んだ瞬間の力の抜き方がだんだんと会得出来たように思うのだった。打った衝撃を軀全体に逃がす。そうすれば、頑強《がんきょう》な丸太を力一杯で打っても、手が痺れることはない。

きっとあの蓑笠侍も、同様な力の抜き方をしているのだろう。

龍之介は、また打ち込みを再開した。続けざまに、丸太を連打する。

九百回。

あの蓑笠侍は姿こそ現わさないが、どこからか見張っている。そんな気配を龍之介は感じていた。

龍之介は一呼吸休むと、また体勢を立て直し、気合いもろとも、木剣を丸太に打ち込んだ。丸太は跳ね上がり、丸太の端が雪饅頭の上からずり落ちそうになった。

龍之介は徐《おもむろ》に木剣を雪面に突き立てた。

丸太を調べたが、打ち込んだ付近に疵《きず》は付いているものの、まだ折れる気配はない。

龍之介はため息をつき、また丸太を元に戻し、雪饅頭の上にしっかりと雪で固定した。

空の雲はどんよりと垂れ籠め、いまにも雪が降り出しそうだった。雲に隠れた日は、だいぶ西に傾いたらしく、次第にあたりは暗くなろうとしている。

龍之介は、気を取り直し、再び丸太に向かい、気合いもろとも、真っ向から木剣を振り下ろす。丸太を打つ心地よい音が森に響きわたる。

龍之介ははっとして、木剣を持ち直し、後ろの人影に身構えた。剣気《けんき》を感じる。

「何者！」

「まあ、待て。望月、おれだ、仏光五郎《ほとけみつごろう》だ」

雪の木立の間から、蓑笠を被った仏光五郎が顔を見せた。

「ほほう。望月は、こんなところで密かに稽古をしておるのか。感心感心」

仏光五郎はにやけた笑顔でいった。

「なんだ、仏光五郎先輩でしたか」

龍之介は構えを解き、木剣を下ろした。

光五郎は異形《いぎょう》な顔をしていた。かまきりを思わせる逆三角形の顔で、目が異様に大きく鋭い光を帯びている。

仏光五郎は日新館の先輩である。光五郎はすでに卒業をしているはずなのだが、日新館道場の安藤主馬師範に師事しており、特例で、いまも高弟として日新館道場に出入りし、後輩の指導をしたりしている。

噂では、一時、安藤主馬師範が仏光五郎を師範代に取り立てようとしたが、指南役の佐川官兵衛をはじめ、ほかの師範たちが賛意を示さず、仏はいまだ師範代になれずにいた。かといって、卒業生なので、藩校生ともいえず、宙ぶらりんの状態にあった。

身分は中士《ちゅうし》と聞いているが、仏家の血筋など確かなことは知られていない。

「先輩こそ、どうして、こんなところに」

「おれか。おれは正宗寺《しょうそうじ》の和尚《おしょう》に用事があってな。用事を済ませて帰るところだ」

仏光五郎は細い顎で、背後の飯盛山の森に見え隠れしている寺の甍《いらか》を指した。

「すると、気合いとともに木を叩く音が聞こえたんで、帰り道の途中だったが、こちらに回ってみたんだ」

「そうでしたか」

龍之介は、じっとしていると寒気が押し寄せて来るのを感じた。

「失礼します。軀が冷えるので」

龍之介は木剣を握り直し、その場で素振りを始めた。

「望月、聞いたか？　この秋、城で御前仕合いが行なわれるという話だ」

秋に江戸から藩主の松平容保《まつだいらかたもり》様が久しぶりにお帰りになるという噂は聞いていた。

それも、江戸大地震が起こる前の話で、本当に今年お帰りになるかどうかはまだ知らされていない。

「御前仕合いですか」

「そうだ。これは日新館道場の奉納仕合いよりも大きく、本格的な剣の極みをめざす仕合いだ。日新館道場の門弟だけに留まらず、全国から名立たる剣の達人たちが応募して参る。そこで勝ち上がり、会津藩に仕官しようという手合いだ。おぬし、どうだ、出ないか。出て、腕を試してみぬか」

龍之介は木剣の素振りを繰り返しながらいった。

「それがし、とてもとても、そんな腕前ではございません。それがしなんかよりも、先輩がお出になられたら、いかがかと」

仏光五郎は満更《まんざら》でもない顔で笑った。

「ははは。おれか？　もちろん、安藤主馬師範から出ろといわれたら、出ようと思っている。出場し勝ち進み、天下に名を轟《とどろ》かせたい」

森の梢を越えて、正宗寺の鐘が響いた。

「おう。もう、そんな時刻か。望月、邪魔したな」

仏光五郎は蓑笠の端を押し上げ、天空を仰いだ。また細かい雪片《せっぺん》がちらつきはじめた。

「また、雪だ。望月、稽古もいいが、適当なところで切り上げておけ。風邪をひいたら、元も子もないぞ」

「はいっ」

「では」

仏光五郎は、龍之介にくるりと背を向けた。

光五郎は、お辞儀をして見送る龍之介を振り返りもせず、雪道をすたすたと歩き去った。

龍之介は、また横にした丸太に向き直った。木剣を大上段に振り上げた。

裂帛の気合いもろとも、木剣を丸太に打ち下ろした。打たれた丸太が跳ね上がる。

だが、丸太は依然として折れなかった。

九百十回。

龍之介は、息もつかず、木剣で丸太を連打した。

脳裏に御前仕合いの話がちらついたが、すぐに邪念《じゃねん》として追い払った。

七

数日後、龍之介が日新館道場に稽古に出向くと、門弟たちがあちらこちらに寄り集まり、秋の御前仕合いの噂で大騒ぎになっていた。

仏光五郎の話は本当だった。門弟たちの何人かが師範や師範代から聞き付けたのがきっかけだった。

さらに、指南役の佐川官兵衛が門弟たちの前で、正式に「秋の御前仕合いがあるので、みんなも出場できるよう一層奮励《ふんれい》努力せよ」と訓示を打ったことで噂ではなくなった。

佐川官兵衛の訓示は以下の通りだった。

「秋には、御上がお戻りになられる。しかし、もし、万一、御上がお戻りになられなかった場合でも、秋の穣《みの》りを祝う大祭に合わせ、御前仕合いに代わる奉納仕合いを開催する」

「藩内外から参加する剣客《けんかく》は、およそ三十人だ。その中には藩が参加をお願いする在野の名立たる剣客も数人いる。藩内の選《え》り抜きの剣士たち十数人、さらに、我が日新館道場からも、選び抜いた代表を、最低二人は出場させたい」

「なお、日新館道場の代表は、師範や師範代が慎重に協議し、これぞ心技ともに代表にふさわしいと思われる者を選ぶ。ただ強いだけではだめだ。会津武士の魂を持っていなければ、代表の資格なしだ」

その日の稽古は、いつになく熱気のある、激しいものになった。特に席次上位にある高弟たちは、いつもより気合いが入った打ち込みや組み太刀をしていた。

師範も師範代も顔を綻《ほころ》ばせて、門弟たちを叱咤激励していた。

龍之介は、日頃稽古をしたことがない先輩や高弟たちからも突然稽古の相手に指名され、休む間もなくしごかれた。連続して高弟の先輩たちと遠慮なく打ち合っているうちに、自分でも身のこなしが滑《なめ》らかになっているのを覚えた。飯盛山の山中で、毎日千回丸太打ち込みをやっているせいか、少しも疲れを覚えない。

隙を突かれて打たれても、すぐに動きを修正して、隙をなくす。それを何度も繰り返しているうちに、稽古相手から打ち込まれることが少なくなった。

それでは稽古にならないので、龍之介は、わざと隙を見せて相手に打ち込ませた。避けきれない打突は強《した》かに痛かったが、手加減のない相手の打突は、打たれても気持ちがよかった。容赦《ようしゃ》のない打突は、真剣勝負そのものだった。竹刀だから、という甘えは捨てた。

「やめえ」

伴康介師範の声で、龍之介は竹刀を下ろし、腰に戻して蹲踞の姿勢になった。

相手の先輩高弟も蹲踞の姿勢になっていたが、肩で息をしているのが見えた。

龍之介は一礼し、先輩が立ってから、己れも立った。

龍之介が壁際の席に戻り、正座して面を脱ぎ、手拭いで汗を拭いていると、権之助や文治郎、九三郎が近くに集まって来た。

「おい、龍之介、今日は、やけに先輩たちから可愛がってもらっていたな」

権之助が笑いながらいった。

「そうかな。いつもより、ちと厳しいと思ったが」

「先輩たちは、おぬしを格好の稽古相手と見込んでいるみたいだったぞ」

「次から次に、おぬし、休みなしに指名されて、稽古相手をさせられたろうが」

「うん。たしかに」

文治郎が師範代や先輩たちの方を見ながら囁いた。

「陰で見ておったが、師範代が高弟たちに、おまえと稽古しろと、盛んにけしかけていた」

「師範代が」

九三郎が小声でいった。

「いや、師範代だけではないぞ。師範たちも何やら話し合いながら、次々と愛弟子《まなでし》たちを呼び付け、おぬしと稽古しろと指示していた」

「龍之介、おまえ、何か上に睨まれるような悪いことをやったか」

権之助が真顔で聞いた。

「いや。なんも」

「ありゃ、扱《しご》きだ。弱いものいじめの扱きだぜ。休む間もなく、相手をさせられていた。おぬし、それでよく平気だな。呼吸もそれほど乱れていない」

「もしかして、龍之介、おぬし、秋の御前仕合いに出場する代表候補にと目を付けられておるのかも知れないぞ」

「まさか。おれみたいな、未熟者が選ばれるはずがない。秋月明史郎《あきづきめいしろう》とか、川上健策《かわかみけんさく》とか、おれよりも腕が立つ者がたくさんいるじゃないか」

「おれは、そう思って秋月明史郎や川上健策を見ていたが、彼らも引っきりなしに先輩たちに指名されて、組み太刀の相手をさせられておったぞ」

「それに比べて、おれたちは、お呼びもなく、壁の染《し》みになっていた」

文治郎が壁際の席を目で指した。

「それがしもだ」

九三郎も腐った顔でいった。

「だから、おれは、仕方なく文治郎と打ち込み稽古をしたりしていた」

文治郎が顎で壁際に座っている下級生たちを指した。

「高弟たちから相手にされない連中が、おれたち以外にも大勢おった」

「分かった。それがしが、おぬしたちの稽古相手をしよう」

龍之介は、手拭いを頭に巻き付け、面を被ろうとした。

「龍之介、よせ。おれたちはたしかに僻《ひが》んではいるが、おぬしに稽古相手をしてくれとは思っていない」

「そうだぜ。おれたちには、鉄砲、砲術がある。聞くところによると、御前仕合いに合わせて、鉄砲による射撃大会もあるそうだ。おれたちは、そちらで腕を上げる」

「そうか。それはいいな」

権之助が付け加えるようにいった。

「龍之介、鉄砲、砲術だけではない。御前仕合いに合わせて、弓馬《きゅうば》の大会もあるそうだ。おれは、そちらに参加するつもりだ」

龍之介は喜んだ。什《じゅう》の仲間は、それぞれの特技を活かして、立志しようとしている。

「明仁は、どうしている？」

そういえば、道場に鹿島明仁の姿がなかった。もともと鹿島明仁は学者志望だから、あまり剣術の道場には来ていなかった。

権之助が首を傾げた。

「さっき、明仁は講釈所の前で横山勇左衛門先輩と話をしていた。何か重大な話だったらしく、明仁が熱心に尋ねておった」

「何を話していたのかな」

「二人とも道場の方に向かって歩いていたから、ここへ来ると思ったのだが」

権之助が訝った。

龍之介は、明仁のことだ、きっと、何もなかったことにしたい、藩の執政たちのことについて、横山先輩の意見を聞いているのだろう。

横山勇左衛門は、日新館の教授長の大道寺から呼び出されたと聞いていた。きっと何が話されたのか、明仁は聴いているに違いない、と龍之介は思うのだった。

第二章　早馬来たりて

一

道場の方から藩校生たちのどよめきが聞こえた。

鹿島明仁は横山勇左衛門と並んで、水練水馬池《すいれんすいばいけ》の前に立った。広い池は、一面雪と氷で覆《おお》われていて水面《みなも》は見えない。春になれば、そこで藩校生は水練を習い、馬に乗っての渡河《とか》の訓練を重ねる。

鹿島明仁は、凍り付いた池を眺めながら、傍らの横山勇左衛門に話しかけた。

「大道寺先生からお聞きしました。横山先輩はおっしゃったそうですね。廓で死んだ大口先生は、決して悪くない、亡き大口先生の名誉のために自分は知っていることをすべて話す用意がある、と」

横山は無言のまま、足許の雪を一摑《つか》みし、両手で握り、雪玉を作った。

「横山さん、いったい、大口先生に何があったのです？」

「鹿島、おまえ、大口先生の死にざまを知っておるか？」

「いえ」

「やくざや楼主、廓の女将はみな背後から一刀のもとに斬られている。三人とも逃げようとしたところを、嵐山にばっさりと斬られたからだ」

「では、大口先生は？」

「正面から袈裟《けさ》掛《が》けに、ばっさりと斬られていたそうだ。それも両腕を拡げて、誰かを庇おうとしていたかのようにだ」

横山は手の中の雪玉を池に投げた。氷は薄く、池の氷が割れて、雪玉はいったん水面に隠れ、また現われた。割れた氷の間の水面に波紋が拡がった。

「しかも、大口先生は嵐山に斬られた時、刀を身に付けず、黒い羽織袴姿だった。これは、どういう意味だったのか分かるか？」

「嵐山と斬り合うつもりはなかったということですか？」

「そうだ。しかも、大口先生の手には、早与を身請けするという証文と、早与の借金の証文が握られていた。つまり、大口先生は殺される前に、楼主や女将に早与が背負っていた借金を全額払って、早与を自由の身にしていたのだ。そして、大口先生は嵐山に、それらの証文を渡そうとしていた」

「渡そうとした、というのですか？」

「なのに嵐山は大口先生に早与を盗られると思い、あえて斬った」

横山は吐き出すようにいった。

「横山さんは現場を見たのですか？」

「いや、見ていない。だが、見ていなくても分かる。実は、事件が起こる前に、それがしは大口先生と話をし、いろいろ聞いていたのだ」

「どんな話を聞いたのです？」

「大口先生が早与に同情したのは、二人とも猪苗代湖に近い村落の出で、大口先生は早与の亡くなった親を知っていた。だから、早与が子どもだった時からの顔見知りだった。その早与が廓に身売りしているのを知り、大口先生は早与を気の毒に思い、なんとか廓から救い出そうとした。そういう大口先生の身請け話を聞いて激怒したのが嵐山だった」

「激怒したのですか？」

「うむ。嵐山は日新館の先生ともあろう教育者が、遊廓遊びをするとはけしからん。

まして、なぜ、自分の許婚だと思っている早与を買うのか、と。それがしも、あの大口先生が廓遊びをしたり、早与を買うとは何事だと思っていた。早与と嵐山の間柄を知っていたこともあり、嵐山に同情していた」

「それで、どうしたのですか？」

「自分は大口先生の蘭学講座に出ていたので、先生とは話ができる。それで、嵐山は自分の代わりに大口先生に会って、早与から手を引くよういってくれと頼まれた」

「それを聞いた大口先生は、どう答えたのです？」

「大口先生は、意外なことに喜んだ。早与に許婚がいたとは思わなかった、と」

「どうして喜んだのですかね」

「実は大口先生には、十五歳近く歳が離れた末っ子の妹がいたそうなのだ。その妹は生まれつき体が弱く、先の大飢饉《だいききん》の時、呆気《あっけ》なく餓死《がし》してしまった。大口先生は、その可哀相な妹が忘れられずにいた。早与が妹と同じ年回りの娘なので、大口先生は早与に妹の姿を重ね合わせて見ていたらしい」

「なるほど」

「だが、たとえ早与を請け出しても、自分の傍《そば》には置けない。しかし、もし、早与を村へ帰したら、また弟妹や祖母を食べさせるため、身売りしてしまうかも知れない。

かといって、早与を妻にするわけにもいかない」

「どうしてです？」

「大口先生には、長崎滞在中に懇意《こんい》になり、一緒になろうと約束した娘がいたんだ。大口先生は、いつか、その娘を迎えに長崎に行くつもりだった」

「その話は嵐山さんに伝えたのですか？」

「もちろんだ。だから、嵐山もほっとした。大口先生も、早与と幼馴染みの嵐山が早与を身請けするなら、自分は安心して手を引けると喜んでいた。しかし、そうなると困ったのは嵐山の方だった」

「どうしてです？」

「嵐山は、次男坊の部屋住みで、日新館に在学している学生の身だ。早与さんを身請けしようにも、カネがない。それに早与を嫁に迎えようにも、学生の身で何をいうか、と親の嵐山仁兵衛様が首を縦に振らない」

「そうでしょうね」

「かといって、嵐山は早与が女郎として客を取るのを黙って見ていられない。嫉妬《しっと》に悩まされ、悶々《もんもん》として夜も眠れない状態になった。それで、嵐山は大口先生に頼んだのだ。自分の代わりに早与を身請けしてくれぬか、と。カネは将来出世したら、必ずお返しするからと」

「大口先生は、それに対して、なんと？」

「承知した」

横山はまた足許の雪を掬《すく》い上げ、雪玉を作った。それを池の氷の面に投げた。薄い氷が割れて、水音が立った。

「しかし、分からぬのは女心だ」

「女心？」

「嵐山光毅が、毎日、やきもきして心配しているのに、肝心の早与は、いろんな男に身を任せて平然としていた。嵐山は我々からカネを借りたり、親を騙《だま》してカネをなんとか工面して廓に通った。早与をほかの男に抱かせないために」

「…………」

明仁は、もし、自分が嵐山だったら、同じことをしていたろう、と思った。横山は頭を振った。

「そのうち早与は嵐山があまりに焼き餅を焼くので煩《わずら》わしくなったらしいのだ。嵐山は早与の心が自分からだんだん離れていく、と嘆くようになっていた」

「早与さんは心変わりをしたというのですか？」

「うむ。嵐山によると、早与は会っても以前のようには、うれしそうではなくなったというのだ」

「ふうむ」

「ある時、早与は嵐山に寝物語にふと洩《も》らしたそうなのだ。必死に身請けしようとしてくれる大口先生が好きになりそうだ、と」

「…………」

明仁は早与の気持ちが分からないでもなかった。人は誰でも自分に好意を寄せてくれる人に好意を抱くものだ。

「嵐山は早与の心が大口先生に傾いていると思ったのだろう。嵐山は自分で頼んでおきながら、もし、早与が大口先生に身請けされたら、本当に大口先生のものになるのではないかと思いはじめた」

横山はため息をつき、言葉を呑んだ。

「それで、嵐山さんはその後、どうしたのです？」

明仁は促した。横山は大きく息を吸い込んだ後、話の穂を継《つ》いだ。

「嵐山は、早与からあの日に、大口先生がカネを用意し、飯田屋の楼主に会い、身請けの相談をすると聞いたのだ。そこで嫉妬に狂った嵐山は、早与を斬って己れも死のうと、決意した」

「横山さんは、なぜ、そんな嵐山さんを止めようとしなかったのですか？」

　横山はぎろりと目を剝いた。

「鹿島、おぬし、武士の情けを知らぬのか」

「いえ、知っているつもりです」

　明仁は、それ以上、何もいわなかった。武士とは悲しいものだな、と心の中で思った。

　横山は呻くようにいった。

「正直、もし、嵐山を止めることができるものなら、軀を張ってでも止めただろう。だが、嵐山は、いつもの嵐山ではなかった。嵐山がそれがしを訪ねて来たのは、すでに後藤修次郎を斬った後だった。目は血走り、それがしが何をいっても聞く耳を持たなかった。下手《へた》に止め立てすれば、嵐山は、たとえおまえでも斬ると、刀を突き付けた」

　明仁は、乱心した嵐山が横山に抜き身の刀を突き付ける姿を想像し、怖気《おぞけ》を感じた。

「それがしは、嵐山の無念の気持ちを知っていた。だから、無念を晴らそうとする嵐山を止めることができなかった」

「そうでしたか」

横山は思い出したようにいった。

「そういえば、嵐山は最期には北原従太郎を斬るといっていた。そのため、北原の許《もと》に、果たし状を届けたといっていた。男なら飯田屋に乗り込んで来い。正々堂々と勝負しろ、と。早与の前で片を付けようという内容だったらしい」

「北原従太郎の返事は？」

「ない。北原従太郎は、臆病者《おくびようもの》の情けない男だ。飯田屋に行けば、嵐山と斬り合いになる。北原従太郎は計算高い男だ。勝負して負けたら死ぬし、もし、勝っても、私闘を禁じている藩から厳しい処分を受ける。北原は、そんな場に、のこのこと出て行く愚か者ではない」

「では、嵐山さんは、そうと知った上で果たし状を出したのですか？」

「そう思う。だから、嵐山は、それがしに頼んだのだ。最後まで、飯田屋に北原が現われなかったら、おれの代わりに腰抜け野郎と嘲笑《あざわら》ってくれ、と」

横山は、一呼吸あけた。

「そして、やつはいった。おれの最期を見届けてくれ、とな。そういうなり、嵐山は身を翻《ひるがえ》して、飯田屋に駆け込んで行った」

「そうだったのですか」

明仁は腕組みをし、口をへの字に結んで唸った。横山は苦々《にがにが》しくいった。

「だが、嵐山がまさか大口先生までも斬るとは思わなかった」

「ううむ」

「これは、それがしの推測だが、早与が自害したのは、実は大口先生が目の前で嵐山に殺されたからではないか、と思っているのだ。現場にいた手代から聞いたのだが、大口先生は背後に必死に早与を庇い、嵐山に早与を身請けしたという証文や、楼主から取り戻した借金証書を嵐山にかざしたらしい。だが、嵐山は、それには目もくれず、丸腰の大口先生を一刀両断してしまった。早与は斬られた大口先生に抱きつき、おいおいと泣いていた」

明仁は言葉がなかった。

横山は、そこまで喋り、少し気が楽になったのか、背筋を伸ばしていった。

「おれは、本当に大口先生に申し訳なく思っている。だから、日新館館長の田中先生や教授長の大道寺玄界先生たちに訴え、大口先生は決して悪くない、遊廓に行ったのも訳があってのこと、日新館の体面を汚《けが》したわけではない、と申し上げた。大口先生への処分は、なにとぞ穏便《おんびん》にお願いします、と」

「それが、あの館長告示だったのですか」

「うむ。館長先生も大口先生を悼む告示で済ましてくれた」

「そうでしたか」

横山は西の空の雲の切れ間に見える赤い夕陽を見ながら呟いた。

「それがし、しばらく休学することにした。館長や教授長からも、お許しを得た」

「休学してどうするんですか？」

「長崎に行く。大口先生の許婚の女性にお会いし、大口先生が亡くなった事情を話してお詫びする。それが、おれにできる唯一の罪滅ぼしだ」

横山は決然とした顔で、そういった。

二

隣の棟の武道所から、竹刀を打ち合う音や気合い、床を踏み鳴らす音が聞こえてくる。

その喧騒《けんそう》が、静けさを増していた。

講釈所の中は冷えた空気に覆われていた。部屋の何ヵ所かに置かれた火鉢も、一つを除いて炭火は消えている。残った火鉢を囲み、明仁が龍之介たちに話をしていた。

「そんなことがあったのか」

龍之介は頭を振った。

「知らなかったな」

火鉢の周りに集まっていた文治郎や権之助、九三郎は顔を見合わせた。

龍之介は、火鉢の炭火に手をかざしながら、飯田屋に乗り込んだ時のことを思い出していた。

そういえば、龍之介が嵐山のいる部屋に入った時、すでに早与は自分で喉を突いて死んでいた。嵐山は、その早与の後を追って腹を切った。

早与は大口先生の後を追って死んだ、という横山の話の方が真実味がある。早与の心は、嵐山よりも、身請けしてくれた大口先生に移っていたのに違いない。そうでなかったら、早与が嵐山よりも先に死ぬわけがない。

龍之介は唸るようにいった。

「考えてみれば、嵐山さんは可哀相な男だな。早与さんのため、善《よ》かれと思ってやったことが、みな裏目になった。最後には早与さんからも捨てられたようなものだ。相《あい》対死《たいじに》にもなっていない。先に亡くなった早与さんの後を追って腹を切っただけになってしまった」

　九三郎がため息をついた。

「ほんと、女心は変わりやすい。女のことは、分からないものよな」

　文治郎がにやっと笑った。

「九三郎、おまえ、まさか什の誓いを破って、外で婦女子《ふじょし》と口を利いているんじゃないだろうな？」

　什の誓いの一つとして、「戸外で婦人と言葉を交わしてはならない」がある。

　権之助もいった。

「九三郎、おぬし、まさか、ならぬことをやっておるのではないか？」

「おい、いったい、どうなんだ？」

「九三郎、正直にいえよ」

　明仁も龍之介も笑いながら、九三郎をからかった。

「と、とんでもない。おれは什の誓いを破っていない」

　九三郎は慌てて手を振って、いったことを打ち消した。権之助がしつこく訊いた。

「じゃあ、どうして女心は変わりやすいなんぞというんだ？　おぬし、何か思い当たることがあるんだろう」

「おれの姉上や妹を見ていてそう思ったんだ。いやはや、姉上や妹を嫁に貰ったら、たいへんだろうな、って。権之助、おまえだって、姉妹が大勢いるじゃないか。おまえ、姉様や妹たちの我儘《わがまま》に悩まされておるじゃろうが」

「まあ。そうだな。分からないでもない」

小野権之助は頭を掻いた。権之助は、八人兄弟姉妹だった。男は兄と権之助の二人だけ、残る六人が姉や妹だった。

「明仁のところは、男ばかりの三兄弟だから女子の迷惑なんか分からないか」

「いや。従姉妹《いとこ》が結構我儘で、あれこれと小煩《こうるさ》い。だから分からないでもない」

明仁は頭を振った。九三郎は龍之介に顔を向けた。

「龍之介の姉様は優しいから、悩まされることはないな」

「うむ」

龍之介も三つ年上の姉の加世《かよ》がいる。加世には、自分の方がいろいろ迷惑をかけている、と龍之介は思った。

「文治郎も男兄弟ばかりだから、分からないだろうな」

「いや、バッチの妹がいる。歳が十も離れた妹なので可愛い」

文治郎はにやけた。九三郎が笑った。

「そうか。いまはいい。だが、すぐに生意気な小娘になるぞ」

龍之介は真顔になって、明仁にきいた。

「明仁、横山さんはほかに何かいっていなかったか?」

明仁はうなずいた。

「これは横山さんから聞いたわけではないが、横山さんは学校で北原従太郎を大成殿《たいせいでん》の裏の空き地に呼び出したそうだ。横山さんは、なぜ、嵐山が出した果たし状に返事もせず、飯田屋に行かなかったのか、と尋ねたそうだ。おまえの一の子分だった後藤修次郎は、嵐山に斬られた。おぬし、頭《かしら》として、後藤の仇《かたき》は討たぬのか。果たし状は、おぬしと立ち合いたいと申し入れたものだったのだぞ、と。すると、北原は青くなり、しどろもどろになって、そんな果たし状は受け取らなかった、と弁解した」

「それで?」

「横山さんは、この嘘つき野郎と怒鳴り、取り巻きたちの見ている前で、北原を拳《こぶし》で数発殴ったそうだ」

「ああ、それで北原は顔を腫らしていたんだな」

九三郎が合点《がてん》がいったと笑った。

龍之介は吐き捨てるようにいった。

「いくら切羽詰《せっぱつ》まっても、この期に及んで嘘をつくとは、なんという卑怯者なんだ！　会津武士として情けない」

文治郎も権之助も、すぐに龍之介に同調した。

「制裁《せいさい》はしっぺや無念程度なんかで済まされないぞ。性根《しょうね》を叩き直さねばならん」

「ほんとだ、鉄拳《てっけん》制裁でも飽き足らんな」

明仁が笑いながらうなずいた。

「さすが、取り巻きたちも、横山さんを羽交《はが》い締《じ》めして止めた。北原も己れが悪いのが分かっているので、まったく無抵抗で、横山さんに殴られるままだったそうだ。取り巻きたちも、今度ばかりは、北原に愛想《あいそ》をつかした者が多かったらしい」

九三郎が訊いた。

「明仁、その話、いったい誰に聞いたのだ？」

「取り巻きの一人、井深薫《いぶかかおる》からだ」

文治郎が驚いた。

「井深薫は後藤修次郎に次ぐ、北原の子分じゃないか」

「そうだ。井深薫は北原を見限ったようだ。いまや北原と呼び捨てにしている」

龍之介が笑いながらきいた。

「おぬし、井深薫とどんな間柄だ。よくそんな話が聞けるな？」

明仁はにやっと笑った。

「井深薫は蘭学の講座で一緒なんだ。一応、二年先輩だが、試験に通っていないので、それがしと一緒の級にいる」

井深薫の家は家老十家の一つで、黒紐組《くろひもぐみ》の上士だ。いずれ、井深薫も北原従太郎同様、家老や若年寄の職につく。同じ家老職、若年寄職の家系とあって、北原従太郎と親しく交わり、取り巻きの一人になっていた。

明仁は続けた。

「北原従太郎の威《い》は地に落ちた。北原派は、脱退者が相次ぎ、以前のような勢いではない」

「じゃあ、今後は、どうなるんだ？」

文治郎が明仁に訊いた。明仁は頭を振った。

「しばらくは、誰が主導権を取るか、混沌《こんとん》として情勢見が続くことになる。しかし、きっとまたぞろ派閥を創る輩《やから》が出てくると思う。人は三人寄れば、誰かが頭になろうと争うようになる」

「ってことは、我々五人もか？」

権之助が訝《いぶか》り、みんなを見回した。明仁が笑った。

「そうだ。我々五人組の中では、やはり……」

明仁は龍之介を見た。権之助も文治郎も九三郎も龍之介に顔を向け、口々にいった。

「そうだな、龍之介以外は、帯《おび》に短し、襷《たすき》に長し」

「優し過ぎるが、ほかにいないいな」

「少々頼りにならんが、まあ妥当なところだろう」

龍之介は慌てて頭を振った。

「おいおい。それがしは、頭になる器《うつわ》ではない。おれよりも、権之助がいい。そうだ、権之助なら……」

明仁が手で龍之介を制した。

「静かにしろ。龍之介、おぬしが我ら五人組の頭だ。反対する者はいるか？」

「反対だ」

龍之介が手を上げた。

明仁はみんなを見回して、ほかに異論がないのを確かめた。

「龍之介の反対は却下《きやっか》。あとの者は賛成だ」

「しかし」

「しかしも、くそもない。おまえが五人組の頭だ。文句をいうな」

「龍之介、男らしく頭になれ」

「みんな、おまえに従うから」

「龍之介、みんなから選ばれたのを光栄だと思え」

龍之介以外の四人が口々にやれと迫った。

龍之介は堪《たま》り兼《か》ねていった。

「分かった分かった。やるよ。俺がやる。その代わり、任期はこれから一年間だ」

「一年は短いな」

権之助がいった。

「いや、一年だ。一年でも長い。一年だったら、仕方ない、それがしが五人組の頭になる。来年の今頃、また次に誰がやるかを話し合う」

「ま、仕方ないか」

明仁はほかのみんなを見回した。誰も異論を唱えなかった。

「衆議《しゅうぎ》一決《いっけつ》だな」

明仁は満足気にうなずいた。

権之助がいった。

「これから、台頭《たいとう》してきそうな人物は誰になる？」

文治郎が渋い顔をした。

「やはり会津重臣の十家の子弟がなるのだろうな」

会津重臣の十家とは、北原、西郷《さいごう》、内藤《ないとう》、田中、井深、原田《はらだ》、小原《おばら》、梁瀬《やなせ》、梶原《かじわら》、そして新興《しんこう》の一乗寺だ。この十家が、ほぼ家老や若年寄の要職に就いて、これまでの会津藩の政治を行なってきた。

文治郎は声をひそめた。

「それがしが聞いた噂では、一乗寺恒之介《つねのすけ》が同輩の信望を集めているらしい」

「おれも一乗寺恒之介の噂を聞いた」

文治郎もうなずいた。

兄真之助の許婚結姫《ゆいひめ》には二人の兄がいた。

長兄の一乗寺勝之介《かつのすけ》は五年前に日新館を卒業し、いまは小姓組になって江戸詰めになっている。

次兄の恒之介は、龍之介たちの二歳年上で、剣術の腕はまあまあで、席次は十位あたりだった。だが、西洋砲術や洋式教練では恒之介の成績はよく、大砲奉行の林権助やフランス人軍事顧問のピエール大尉に気に入られている。

だが、龍之介はこれまで恒之介とは挨拶を交《か》わす程度で、ちゃんと話したことがなかった。兄と結姫が結婚すれば、恒之介は義理の兄になる男だが、やはり一乗寺家の敷居は高く、龍之介は近寄り難かった。

「いったい、どういう噂だ？」

権之助は小声でいった。

「北原派の主《おも》な連中が、この機にと、こぞって北原従太郎から一乗寺に鞍替えしているらしい」

「どうして、鞍替えしているのだ？」

「父親の一乗寺常勝《つねかつ》は、この春、北原嘉門と交替して筆頭家老になる。噂では、常勝は筆頭家老になったら、実弟の一乗寺昌輔《まさすけ》を若年寄に就けようと画策しているらしい。さらに、息子の一乗寺勝之介を容保様の御側用人《おそばようにん》に押し込もうとしている」

九三郎が驚いた。

「へえ。では、これからは一乗寺家が藩政を牛耳《ぎゅうじ》るようになるというのか」

明仁は笑った。

「だから、いま一乗寺常勝の息子の恒之介に取り入っておけば、将来出世の道が開けると、考える連中がいるんだ」

「目敏《めざと》い連中だな」

　文治郎は頭を振った。

　権之助がにやっと笑った。

「おい、龍之介、おぬしの兄上は、いずれ一乗寺恒之介の妹と夫婦《めおと》になるんだろう?」

「うむ。まあ、そうなる」

　権之助は龍之介を見た。

「ってことはおまえは一乗寺の親戚だ。いずれ一乗寺派になるということだな」

　九三郎が両手をこすり、戯《おど》けていった。

「龍之介様、それがし、河原九三郎のことをなにとぞ、よろしうお引き立てをお願いいたす。龍之介様のためならなんでもいたします」

「おう、九三郎か。よくぞいった。おぬしのこと、よく覚えておこう。で、貢《みつ》ぎ物は何だ?」

「え、貢ぎ物を取るのか」

　九三郎は素《す》っ頓狂《とんきょう》な声を上げた。権之助が真顔でいった。

「当たり前だろう。政事《まつりごと》に賄賂《わいろ》は付き物だ。賄賂次第で、龍之介様はおぬしを家老にも若年寄にも、厠《かわや》の掃除役にも取り立てようぞ。のう龍之介様」

「おう、そうそう。人事はカネ次第、賄賂次第だ」

龍之介は軀を反《そ》らして高らかに笑った。

「だめだ、こいつ」

九三郎は大袈裟《おおげさ》に嘆いた。

文治郎も明仁も、龍之介も権之助も大笑いした。

龍之介が真顔になってきいた。

「北原従太郎は、どうなる?」

「しばらくは、大人しくしているだろう」

と明仁。

権之助が同情するようにいった。

「北原は、そもそも嵐山を潰すために、いろいろ陰謀《いんぼう》を巡《めぐ》らしたのが良くなかった。特に一の子分である後藤修次郎を嵐山に殺されたのが、失敗だった。北原は後藤を守ろうともしなかった。それを見て、北原派に属していた面々は潮《しお》が引くように離れていった。自業自得だな」

龍之介はため息をついた。

「しかし、現金なやつらだな。そんなにあっさりと北原従太郎から一乗寺恒之介に乗り換えるなんて、また何かあれば、すぐに誰かに乗り換えるんだろうな」

明仁が笑いながら解説した。

「そう。そうやって、これまでたくさんの派閥が生まれたり消え去ったりを繰り返してきたんだ」

戟門から太鼓の音が聞こえた。

そろそろ、下校の時刻が迫っていた。

部屋の襖ががらりと開けられ、どやどやっと下級生たちが入って来た。

「先輩、この部屋の掃除をさせていただきます」

下級生の一人が元気のいい声でいった。小嵐小四郎《こあらしこしろう》だった。小嵐は龍之介たちと同じ什の仲間だ。
十四、五人の下級生たちは、全員固く絞《しぼ》った雑巾《ぞうきん》を手にしていた。これから一列に並んで雑巾掛けが始まるのだ。
「お、小四郎たちが今日の講釈所の掃除当番だったか」

「はい。しばらく外に出ていてください。その間に拭き掃除をします」

小嵐がはきはきと答えた。

「よし。おれたちも一緒に雑巾掛けをする。じっとしていたら躯が鈍《なま》った。なあ、みんな」

龍之介は突然、大声でいい、下級生から雑巾を取り上げた。

「よっしゃ、おぬしらの掃除、わしらも一緒にやるぞ」

権之助も立ち上がり、下級生たちから雑巾を集め、明仁や文治郎、九三郎に配った。

九三郎が戸惑った顔で雑巾を受け取った。

「なに、おれもやるのか」

「ああ。我らの頭が率先《そっせん》して掃除をするというのに、脇で休んでいるわけにはいかんだろう」

龍之介は小嵐にいった。

「掃除頭は、小四郎だ。指図しろ」

「はいッ。全員、部屋の端に並べ」

龍之介たちも、下級生と一緒に部屋の端に並んだ。

「構え！」

小嵐の号令に合わせ、雑巾を床に置き、雑巾掛けの構えに入った。

「開始！」

小嵐は号令をかけると同時に、一気に雑巾の押し掛けを始めた。龍之介たちも、同時に勢い良く雑巾の押し掛けをする。向かいの壁にぶつかると、すぐに取って返して、押し掛けをしながら戻る。

一列で始まった押し掛けなのに、たちまち躓《つまず》いたり、転んだりする者が続出し、最後まで押し掛け出来た者は半数以下だった。

龍之介たち五人は、全員押し掛けで往復出来たので、どうにか上級生の面目は保《たも》つことが出来た。

龍之介は、日頃足腰を稽古で鍛えていたので、先着していた。小嵐小四郎と権之助が次いで部屋の端に着いていた。続いて九三郎と明仁が下級生たちと一緒に部屋の端に辿り着く。

ようやくのこと、下級生たち全員が押し掛けを終えた。

龍之介たちは、仕上げに、押し掛けで拭けなかった箇所を雑巾で拭き取った。

たちまちのうちに講釈所の掃除は終わった。ほっと一息する間もなく、小四郎が叫んだ。

「よおし、次は外の長廊下だ。廊下を押し掛けをするぞ」

小四郎が意気揚揚と命令した。

講釈所の外廊下は、直線で三十三間《けん》はある。それを濡れ雑巾で一気に押し掛けするのは、かなりしんどい。だが、下級生の手前、上級生の面子《めんつ》にかけて、押し掛けせねばならない。

「おい、まだ拭き掃除するのかよ」

九三郎は肩で息をしながらぼやいた。

明仁も文治郎もはあはあと荒い息をしている。

「これも足腰を鍛える稽古だと思え。下級生たちに後《おく》れを取るな」

龍之介は笑いながら、雑巾を手桶の水に浸けて絞り、廊下の床に置いた。雑巾を両手で押さえ、腰を上げる。権之助をはじめ、九三郎や明仁、文治郎も一緒に並ぶ。

小嵐たち四、五人も並んだ。

「始め！」

小嵐の号令一下、龍之介たちは一斉に押し掛けを始めた。

戟門から下校を促す太鼓が連打されていた。

三

南から風が吹き寄せている。春を告げる風だ。

山や森林、野原を覆っていた雪がたちまちのうちに消え、ところどころに土に汚れた残雪が見えるだけになった。

森の梢には、四十雀《しじゅうから》、山雀《やまがら》、鵯《ひよどり》たちが飛びかい、喧《かまびす》しいほどに囀《さえず》っている。

飯盛山の木々は、次第に芽吹きはじめている。地べたの草たちも、生き返ったように元気になり、早くも花を咲かせる草もあった。

龍之介は木剣を右八相《みぎはっそう》に構え、横にした太い丸太を睨んだ。

雪饅頭は融け崩れている。いまは斜交《はすか》いに組んだ枝で作った三脚の支柱を左右に立て、その三脚に横木を渡してある。

龍之介は胸元や首周りにびっしょりと汗をかいていた。さわやかな微風《そよかぜ》が火照《ほて》った軀を冷ましてくれる。

打ち込みは、七百七十回。

龍之介は呼吸を整え、再び裂帛の気合いをかけた。横木に一気に走り込み、木剣を横木に打ち下ろす。

乾いた木と木のぶつかる甲高《かんだか》い音が森に響く。横木は打ち込まれると、一瞬撓み、撥ね上がった。衝撃で横木を支える三脚の支柱が地面にめり込んだ。

もしや。

手に伝わる衝撃の感触が、いつもと違う。横にした丸太はかすかに悲鳴を上げながらも、まだ必死に耐えている。

七百七十一。

龍之介は、いったん木剣を引き、大上段に構え直した。ついで、再度、気合いもろとも木剣を横木に叩き込んだ。

メリッと丸太が軋《きし》んだような気がした。

龍之介は木剣を振りかざすと、息もつかず、続けざまに横木に打ち込んだ。打ち下ろすたびに、手に鈍い痺れが走る。

横にした丸太の打ち込んだ部分が撓んだように感じた。

折れる。一瞬、全身で感じた。

龍之介は、振り上げた木剣と一体となって、丸太に最後の一撃を打ち込んだ。

キエエエーイ!

木剣が頑強な丸太を無理遣《や》り、へし折るのを覚えた。丸太はほぼ中央で折れ曲がり、地べたに崩れ落ちた。

龍之介は飛び退き、木剣を構え、残心《ざんしん》した。

七百八十ッ。

心の中で叫んでいた。

「見事、見事。ようやった」

背後から聞き覚えのある声がかかった。

龍之介は、くるりと軀を回し、声の主に向いた。

白髪に白鬚を生やした天狗老師がにこやかな笑顔で立っていた。傍らに壮年の侍の姿もあった。蓑笠を着ていないが、老師の代わりに指導をしてくれた侍だった。侍の顔もいくぶん微笑《ほほえ》んでいるように見えた。

龍之介は木剣を背に回して、老師と侍の前に跪《ひざまず》いた。

「望月龍之介、よくぞ、毎日通って千回打ち込みを行ない、丸太をへし折るまでになった。誉《ほ》めてつかわす」

「ありがたき、幸せにございます」

「まずは最初の試練を越えた。打ち込みの、その心得。決して忘れるでないぞ。これからも、さらに鍛練を重ね、いつでも丸太をへし折る気迫で臨め」

「はいッ」

「次の修行にかかるまで、引き続き、毎日千回打ち込みを行ない、軀を鍛練しておけ。今度は、一、二ヵ月、安達太良《あだたら》山中に籠もって修行を行なう」

「はいッ」

「それまで、これまで通りの暮らしを続けよ。ただし、これからの修行については、他言無用、秘密だ。保秘《ほひ》、すなわち秘密を守ることも修行の一つだと思え」

天狗老師はにこやかにいった。

「それを守れず、破門された者は数知れずおる。おまえも、そうならぬように気をつけよ」

「はいッ」

龍之介は、絶対に天狗老師のもとで修行していることは他言すまいと心に誓った。

「本日は、褒美《ほうび》として、わしから一手《いって》伝授いたす」

天狗老師は笑い、傍らの侍に顎をしゃくった。

侍は天狗老師にうなずき、さっと身を翻《ひるがえ》して、森に走り込んだ。

「ついて参れ」

天狗老師は、そういうなり、侍が消えた森に向かい、すたすたと歩きはじめた。龍之介は木剣を手に、天狗老師について走った。

天狗老師はあたかも歩いているように見えたが、龍之介が全力疾走しないと追い付けなかった。

天狗老師は森の中にある空き地に行き、足を止めた。

先着した侍が木の上から飛び降り、天狗老師の前に身を屈《かが》めた。

「杣人《そま》が一人おりましたが、山奥に去りました。この付近には誰もおりませぬ」

侍は低い声で告げた。天狗老師は頷いて、龍之介を振り向いた。

「龍之介、さあ、かかって参れ」

天狗老師は、龍之介に向き直った。

龍之介は、一瞬、どうしたものか、と戸惑った。天狗老師の華奢な軀は、どこを見ても、隙だらけだった。

「さ、さっきのように打ち込んで参れ。遠慮せずともよいぞ」

天狗老師は杖をつき、構えもせず、平然と立っている。

侍は天狗老師から数歩離れて跪き、龍之介をじっと眺めている。

龍之介は木剣を八相に構え、天狗老師に対した。

どう見ても、天狗老師はただの老体にしか見えない。龍之介は気を削《そ》がれ、木剣を構えたものの、気が高まらなかった。

いきなり、侍の軀が動いた。龍之介に向かって木の小枝が回転しながら飛んだ。龍之介は一瞬、木剣で飛翔《ひしょう》する小枝を叩き落とした。

その瞬間、天狗老師の姿が大きくなったように思った。龍之介の目の前に、天狗老師が立ち、杖で龍之介の肩を軽く叩いた。

木剣で払おうにも、間合いが近すぎて、軀が動かない。

「どうした?」

「申し訳ありません。いま一度、仕切り直しをさせてください」

「よかろう」

天狗老師は笑いながら、後ろに下がり、間合いを開けた。

「さあ、参れ」

天狗老師は、また隙だらけで立っている。

龍之介は深呼吸し、木剣を右八相に構えた。一気に気を高める。打つ。容赦《ようしゃ》なく天狗老師を打ち砕く。

龍之介は気を猛烈に高め、天狗老師を睨み付けた。

天狗老師は、あいかわらずにこやかに笑ったまま動かない。

龍之介は、気合いもろとも、木剣で天狗老師の軀に打ち込んだ。と思った瞬間、目と鼻の先に天狗老師の笑顔があった。また杖が龍之介の肩を、とんと軽く打った。

な、なんだ、これは。

龍之介は斬り間を失い、たじろいだ。天狗老師の軀が近すぎて、またも木剣を振り下ろせなかった。

「どうした、龍之介」

「はいッ」

龍之介は慌てて後ろに飛び退《の》いた。だが、天狗老師がぴったりとついて離れず、目の前に居る。さらに後退すると、木の根に足を取られ、龍之介はどしんと尻餅をついた。

「ま、参った。参りました」

龍之介は天狗老師と闘わずして、敗れたのを感じた。

「まだまだ。これからだ。龍之介、立て」

天狗老師は飛び退き、再び、空き地の真ん中に仁王立ちした。

龍之介は木の根を見ながら、立ち上がった。尻餅をついた際、強かに尻を打っている。心の中で、足元に注意しろ、と念じた。ここは、道場のような板張りの床ではない。地の利を考えろ。

「そうだ。龍之介、地の利を考えるのは、武芸者が真剣勝負に臨む時の必須《ひっす》の要件だ。忘れるな」

天狗老師は龍之介の心を読んだようにいった。

龍之介は舌を巻いた。

なんと、天狗老師様は、人の心が読み取れるのか。

「龍之介、わしは人の心を読み取るのではない。武芸者として、次は相手がどう動くのかを予測しているだけだ」

「はいッ」

龍之介は面食《めんく》らいながらも返事をした。

「さ、わしに打ち込んで参れ」

「はいッ」

龍之介は隙だらけの天狗老師に、また戸惑った。どこをどう打ち込んでも、老体から木剣が外《はず》れることはない。

「遠慮せずともいいぞ」

「はいッ」

龍之介は今度は木剣を青眼《せいがん》に構え、天狗老師の軀の正中線《せいちゅうせん》を見据えた。そのまま、木剣を突き入れることが出来る。突くと見せかけ、上段から打ち込むことも出来る。

なにせ、天狗老師は隙を隠そうとしない。

間合い一間《けん》。

よし。打つ。今度は遠慮しない。心を鬼にし、天狗老師を討ち果たす。

龍之介は、またみるみる気を高めていった。青眼の構えのまま、殺気を高める。

キエエエイ！

龍之介は斬り間に飛び込み、木剣を天狗老師に突き入れた。

天狗老師の軀は動かず、ふらりと揺れて、木剣の先を躱《かわ》した。龍之介は、すかさず木剣を振り上げ、天狗老師に斬り下ろした。

木剣は天狗老師の軀に当たらず、するりと下に落ち、地面を叩いた。

天狗老師の軀は、またも龍之介の目の前にあった。天狗老師は、ふうっと龍之介の顔に息を吹きかけた。近すぎる。斬り間がない。

思わず龍之介は木剣を横に払いながら、左手に飛び退いた。天狗老師の軀がふわりと浮いたように動き、木剣が空《くう》を切って流れた。

龍之介は木剣を引き、青眼に構え、天狗老師との間合いを開けた。

天狗老師はにやにや笑っている。

なにくそ。

龍之介は、遮二無二《しゃにむに》、木剣を天狗老師に突き入れた。今度も木剣は躱され、虚《むな》しく空を泳いだ。

休まず、木剣を右に引き、八相の構えにする。天狗老師の軀が、一足一刀《いっそくいっとう》の位置にある。

龍之介は迷わず、上段から天狗老師に木剣を袈裟掛けに振り下ろした。天狗老師の軀がふわりと空を泳ぎ、するりと木剣の打突を躱した。

またも天狗老師の軀が龍之介の間近に迫る。龍之介は無我夢中に木剣を横に払い、天狗老師を薙《な》ぎ斬ろうとした。

天狗老師の軀が急に沈み込み、またも木剣の薙ぎを躱していた。空を斬った木剣を引き戻そうとしたところに、天狗老師の杖《じょう》がこつんと龍之介の腕を叩いた。

痺れが腕に走った。龍之介は思わず、木剣を取り落とした。

天狗老師の顔が、龍之介の目の前にあった。

「ま、参った。参りました」

龍之介は飛び退き、その場に跪いて平伏した。

「はははは。剣術は、刀を振るう力だけでやるものではない。大事なのは、身のこなし、体術だ」

「畏《おそ》れ入りました。天狗老師様、して、この秘剣は、なんと申されますのか」

「秘剣ではない。秘技《ひぎ》だ」

「秘技？」

「さよう。蝶《ちょう》のように舞い、蜂《はち》のように刺す。これぞ真正会津一刀流《しんせいあいづいっとうりゅう》の秘技、胡蝶《こちょう》の舞いだ」

天狗老師はにこやかに笑った。

「胡蝶の舞いですか」

龍之介は感嘆した。どうやったら、この秘技を身につけることが出来るのだろうか。

「はははは。修行しても、そう簡単に会得《えとく》できる技ではないぞ。ちなみに、師範代の武《たけ》田広之進《だひろのしん》とて、まだ体得しておらぬ」

天狗老師は、傍らに控えている侍を見た。

「はッ。それがし、まだ未熟者にござる」

龍之介は、打ち込みの手ほどきをしてくれた侍が、天狗老師の師範代である武田広之進という名前なのを初めて知った。

「ははは。龍之介、そうよのう。まだ武田広之進を紹介しておらなんだな」

「それがし、武田広之進と申す。龍之介、以後、師範代と呼べ。よろしうな」

「畏れ入ります。それがしこそ、よろしくご指導のほどをお願いいたします」

天狗老師がうなずいた。

「最初の試しの段階では、おぬしが本当に修行できるかどうか、見極めるための試練だった。その段階では師範代もただの蓑笠侍でよかった。それ以上、修行者に教える必要はないものでな。今後は、師範代がわしの代わりに、修行を指導いたす。わしよりも、師範代は厳しい。覚悟しておけ」

「はいッ。覚悟しておきます」

龍之介は修行の次の段階に進むことが許されたことを、心の中で喜んだ。これで、真正会津一刀流に一歩近付くことが出来る。

「ところで、龍之介、今年秋の御前仕合いに出るつもりはあるか？」

「出たいとは思いますが」

「出てはならぬ」

「はいッ」

「もし、出るようなことがあったら、破門だ。よいな」

「天狗老師様、しかし、なぜ、出てはいけないのでしょうか？」

「おぬしに教える真正会津一刀流は、御留流《おとめりゅう》だからだ」

「やはり、真正会津一刀流は御留流なのでございますか」

「そうだ。他流派に決して知られてはならぬ秘技、秘太刀《ひたち》が多々ある。真正会津一刀流は、戦国時代から密かに継がれてきた秘密の剣技だ。たとえ、御前仕合いであれ、それを披露してしまっては御留流の意味がない。いいな。もし、真正会津一刀流の修行を続けたいと思ったら、出ないことだ。指名されても、辞退する。いいな。あらかじめ、ここで命じておくぞ」

「はいッ。御前仕合いに、出ることはありません」

「よし。その言《ことば》、覚えておくぞ」

天狗老師は上機嫌な様子で、師範代の武田広之進と顔を見合わせて頷いた。

「ところで、お師匠様、安達太良山での修行は、いつでございましょうか？」

「そうだな。夏だ。今年の夏としよう」

「夏のいつでございましょう？」

天狗老師は武田広之進に顔を向けた。

「師範代、いつがいいかのう？」

「梅雨《つゆ》が明けた後がいいか、と」

武田広之進は神妙にいった。

「うむ。そうしよう。で、龍之介、その時には、師範代がおぬしを呼び出す。それまで、ここでの打ち込み修行を続けて待て」

「はいッ」

龍之介は元気良く返事をした。

「師匠、誰か、人の気配が」

師範代が森の入り口に顔を向けて、聞き耳を立てている。龍之介も、師範代が気にする方角を窺ったが、何も気付かなかった。

ふと気付くと、天狗老師の姿はかき消すように消えていた。続いて、師範代もさっと草叢《くさむら》に隠れて消えた。

やがて、森の入り口の方から、小野権之助や五月女文治郎たちの話し声が聞こえた。

「おーい、龍之介、どこにいるんだ？」

「龍之介、出て来い」

龍之介は木剣を肩に担ぎ、森の中に入って行った。

「龍之介のやつ、天狗にさらわれたかもな」

「あいつ、妙に天狗に好かれているからな」

河原九三郎や鹿島明仁の姿が森の中にちらちらと見えた。

「おーい、ここだここだ」

龍之介は権之助たちに手を上げて迎えた。

春の風が森を揺すっていた。どこからか、花の匂いが漂って来た。

四

龍之介は、なぜか胸騒ぎがしてならなかった。何が不安なのか、自分でも分からない。

凶作《きょうさく》と大飢饉があった。黒船が下田《しもだ》に来航し、翌年江戸湾に黒船の艦隊が乗り込んできた。翌年、江戸が大地震に襲われた。どれもこれも、直接の関連はないのに、どうしてか何かの前触《まえぶ》れのような気がしてならない。

物情騒然《ぶつじょうそうぜん》。世の中が騒がしくなっている。尊皇攘夷《そんのうじょうい》を叫ぶ声も、会津城下に確実に押し寄せていた。

戦が近い？　天変地異《てんぺんちい》の何かが起こる？

なんの根拠もない、漠然とした不安。

そんな不安をよそに、会津城下は、いつもの年のように、いたるところに、桜が咲き誇っていた。鶴ヶ城《つるがじょう》の堀端の桜の花が撓《たわわ》に咲き乱れている。

桜の開花に合わせたかのように、まず小野権之助が元服式を迎えた。それを皮切りに、鹿島明仁と五月女文治郎が元服した。ついで河原九三郎も、父親の河原仁佐衛門が急遽江戸から帰り、無事元服することが出来た。

だが、桜が咲くころには、一度会津に戻るといっていた龍之介の父牧之介《まきのすけ》は、帰って来ない。そのため龍之介の元服式は、父が戻るまでと、延び延びになっていた。

江戸下屋敷から帰った河原仁佐衛門によれば、父牧之介の姿をほとんど見かけることがなかったという。見かけても牧之介は上役と何事かを打ち合せ、またどこかに出て行った。あまり忙しそうなので、声をかけることも憚《はばか》られたという。

兄の真之助が、父の代理となって龍之介の元服式のために奔走していた。父の意向もあって、烏帽子親《えぼしおや》を家老の原田武之臣《たけのしん》が務めてくれることに決まった。原田武之臣は、父上の牧之介と古くから懇意にしており、囲碁《いご》仲間でもあった。

準備万端整い、後は父牧之介が戻る日次第になっている。出来れば、桜が散る前に式は行ないたい、というのが、兄や母上の気持ちだった。

龍之介は、小野権之助の元服式をはじめ、鹿島明仁、五月女文治郎、河原九三郎の元服式に、それぞれ什の仲間として招かれた。龍之介は春爛漫の桜の下で、厳《おごそ》かに烏帽子親に前髪を剃り落としてもらい、一人前の大人の侍になる仲間の姿を見てきた。

いずれ、自分もそうなるのだと思うと、いまは他人事《ひとごと》ながらも、気が引き締まる思いだった。

いずれの元服式にも一足先に元服した什長の外島遼兵衛《そとじまりようべえ》や什仲間の秋月明史郎が招かれていて、みんな、「次はおまえの番だな」と龍之介に囁いた。

鹿島明仁の元服式の後の祝いの席には、藩校の学者先生たちが出席し、客たちの中に、思わぬ顔があった。

母親に連れられた彩《あや》がいたのだ。

「お久しうございます」

彩はおずおずと頭を下げて挨拶した。龍之介は一瞬誰なのか分からず、たじろいだものの、美しい富士額の顔立ちを見て、彩だと思い出した。照姫《てるひめ》の下、木薙刀《なぎなた》の稽古をしていた娘だった。

龍之介は頭を下げた。

「あの節には、襷《たすき》の紐をお借りし、ありがとうございました」

「はい。……」

彩は言葉を詰めた。彩は黒目勝ちの大きな目を伏せ、頰をぽっと赤く染めた。龍之介は慌てて付け加えた。

「いつか、お返ししようと大事に持っております」

桜の花の下、彩は一際《ひときわ》美しかった。龍之介があらためて名を尋ねると、彩は「名島《なじま》彩でございます」と答えた。

名島家は重臣十家には入っていないが、名島慎蔵《しんぞう》は中老たちの筆頭として、活躍しており、家老たちから若年寄にしようと声が上がっている若手要路《ようろ》の一人だった。

龍之介は、その日、彩と言葉を交わしたのは、それだけだったが、彩と逢ったというだけで、なんとなく胸の内が温かくなった。

満開だった桜が散りはじめた時分になっても、父牧之介からは何の音沙汰もなかった。

さすがの兄も、落ち着かなくなった。母上と一緒に、父上は何をなさっておられるのか、と気を揉《も》んでいた。

万が一、父上が江戸から戻らなかったら、兄の真之助が父親代わりになって、龍之介の元服式を執り行なうとしていたが、兄は何度か使いを江戸に出し、父上にいつお帰りになるのか、と問い合わせていた。だが、一向に父上からは何の返事もなかった。

五

森の中に、白く咲き乱れる山桜は、いまが盛りだった。ちらほらと花弁が風に舞って散ってくる。

龍之介は、その日も飯盛山の森で、打ち込み稽古を重ねていた。

龍之介は新しい横木に向かい、木剣を八相に構え、じりじりと間合いを詰める。ゆっくりと呼吸をし、気を高めていく。

一気に間を詰め、全身の力を木剣に集めて横木の中央に叩き込む。木剣に打ち込まれた丸太は一瞬撓み、ビシッという音を立てて、脆《もろ》くもへし折れた。

龍之介は残心した。それからゆっくりと木剣を下に下ろし、折れた丸太に向き直り、木霊に一礼した。

毎日千回もの打ち込みを繰り返していると、左右の三脚の支柱に渡した横木を、一度の打突でへし折るのが容易になった。最近は力任せに打ち込むのではなく、丸太の一点に絞って、木剣を打ち込むことで折ることが出来るようになった。

打ち込み千回。岩でも破壊出来るという自信が湧いてくる。

再び、山積みになっている丸太の山から、太い生木《なまき》を抜き、三脚の支柱の頭に据えるように載せる。

龍之介は一間ほど離れ、立ち位置を決め、足場を固めてから、ゆっくりと木剣を右八相に構えて、横木を半眼で捉えた。

山桜の花弁が、ひらりひらりと微風に舞い上がった。ふと、桜の木の下で微笑《ほほえ》む彩の顔が目の奥にちらついた。

いかん。無念無想だ。

龍之介は気合いをかけ、彩への想念を吹き飛ばした。

木剣を振りかざし、つつつっと横木に向かって走り、気合いもろとも横木に打ち込んだ。

横木は一瞬撓んだが、木剣を撥ね上げて耐えた。折れない。龍之介は、続けざまに木剣を打ち込んだ。

だが、手が痺れるだけで、丸太はびくともせず横たわっていた。

いかんいかん。邪念《じゃねん》に惑《まど》わされた。

龍之介は木剣を引き、元の立ち位置に戻り、呼吸を整えた。

「ははは。望月、邪念を抱いたな」

仏光五郎の声だった。

「邪念の正体は、女子だ。違うか」

龍之介は、木剣を引き、後ろを振り向いた。

いつの間に来ていたのか、仏光五郎が山桜の幹に寄りかかり、にやついていた。口に桜の花がついた小枝を銜《くわ》えている。

「見ていたのですか」

「なかなか打ち込みが鋭くなったな。丸太をへし折ることもできるようになったと見えるが、まだまだだな」

仏光五郎はかまきりに似た顔を歪めて笑った。目だけが異様に大きく、それに比べて鼻や口が小さい。

普段から、観察されていたというのか。

龍之介は心穏やかではなかった。どうして、気付かなかったのか。自分自身、情けないと思うのだった。

「望月、おぬし、御留流の真正会津一刀流を習おうとしておるだろう？」

仏光五郎がずばりといった。

龍之介は平常心を取り戻した。

「知りません。なんだ、そのオトメリュウとか、真正会津一刀流とかいうのは？」

天狗老師から御留流については話さぬよう堅く禁じられている。

仏光五郎はにやにやした。

「隠すな、望月。おれも一度は、師匠に付いて、真正会津一刀流をめざした口だ」

「なんの話か分かりません」

龍之介はとぼけた。木剣を握り、素振りをした。早く仏光五郎との話を打ち切り、稽古に戻りたかった。

まだ毎回確実に横木の丸太をへし折ることが出来ない。以前に比べれば、へし折る度合いは多くなったが、仏光五郎にいわれなくても、自分ではまだまだだと思っている。

「どれ」

仏光五郎は寄りかかっていた幹からゆっくりと軀を起こした。

「それがしにも、やらせてくれ」

龍之介は驚いた。だが、仏光五郎の腕を見たいと思った。仏は、以前真正会津一刀流をめざした口だといっていた。どのくらいの腕だというのか。

「どうぞ」

龍之介は、木剣の柄《つか》を仏光五郎に向けて差し出した。仏光五郎はにやつきながら、銜えていた山桜の小枝を懐《ふところ》に入れた。小袖の襟の間から可憐な花弁が覗いている。

仏光五郎は、木剣を手にすると、何度か片手で木剣を軽く振った。仏光五郎の手にかかると、普通の木刀よりも倍は重い木剣が、まるで竹刀のように見える。

仏光五郎は、次に、その場で何度も素振りをした。木剣が生き返ったかのように、びゅうびゅうと唸りをあげた。

龍之介は目を瞠《みは》った。

仏光五郎は木剣を片手で持ちながら、つかつかと横木の前に歩み寄った。

「懐かしいな。おれも、昔打ち込み千回の修行をしたことがある」

「仏先輩もおやりになったのですか？」

「昔な。そんなこともあった」

「昔といっても、先輩はまだ若いではないですか」

仏光五郎は年上の先輩とはいえ、まだ二十代半ばの年齢のはずだ。

「いや。もう、おれは若くはない。かといって年寄りということでもないがな。おまえのように我を忘れてがむしゃらに修行をする若さはない、という意味だ」

仏光五郎は、空《あ》いた方の手で、横木の丸太を撫で、ためつすがめつ調べた。

「望月、がむしゃらに打つのもいいが、少しは丸太の気持ちを考えろ」

丸太の気持ち？

龍之介は仏光五郎が何をいっているのか分からず、きょとんとした。

仏光五郎はへらへらと笑った。

「丸太も生きものだってことさ。どこを打たれたら保《も》たないか弱点がある。それを見極めるのも修行のうちだ」

「はいッ」

龍之介は思わず、先輩の助言に返事をしていた。

「うむ」

仏光五郎は丸太を撫で回すのをやめ、小さくうなずいた。それから、おもむろに横木から離れ、間合いを作った。

間合い一間半。

龍之介よりも、やや間合いが広い。

仏光五郎はさっと草履《ぞうり》を脱ぎ捨て、裸足になった。立ち位置を決め、両足で地べたを地ならしした。大上段に木剣を構える。みるみる仏光五郎の気が膨らんでいく。

龍之介はじっと仏光五郎の構えを睨んでいた。

仏光五郎は鋭い剣気を全身から発しはじめた。剣気はじりじりと膨らみ、いまにも爆発しそうにまで高まった。

キエエーーイ！

猛烈な気合いが空気を切り裂いた。

仏光五郎の軀が横木に向かって突進した。横木の寸前で飛び上がり、木剣を横木に振り下ろす。木剣は宙に弧を描いて横木の真ん中に叩き込まれた。

ビシッという木の折れる音が響いた。

仏光五郎の軀が着地し、木剣を後ろに引いて残心した。

龍之介は息を呑んで、仏光五郎の動きを見ていた。道場で稽古をする仏光五郎の姿ではない。まったくの別人に見えた。

龍之介は横木に目をやった。折れた音が聞こえたが、横木は少し撓んだだけで、折れてはいなかった。

「ま、こんなものかな」

仏光五郎は照れ隠しのように笑い、木剣をくるりと回すと、柄の方を龍之介に差し出した。

「久しぶりに、楽しませてもらったぜ」

「凄まじい打突でした。さすが仏先輩です。だけど、なぜ、折れなかったのか、不思議です」

仏光五郎は、懐から山桜の小枝を抜き、花弁を嗅《か》いだ。

「望月、ちゃんと横木を見てから、いえ。おまえのへなちょこな打ち込みとは違う。おれとおまえとでは年季《ねんき》が違う」

仏光五郎は草履を履き、鼻の先で笑った。

龍之介は横木に近寄った。これがへなちょこな打ち込みではない、というのか。手で横木に触れた。途端に横木は真ん中から折れて地面に落ちた。

龍之介は凍り付いた。なんということだ。

「仏先輩ッ」

龍之介は思わず仏光五郎を振り向いた。

仏光五郎は龍之介に背を見せ、森の出口に向かう小道を大股で歩いていた。

龍之介は二つに折れた丸太を手に取った。折れた木の端は上から圧力をかけて、無理遣り引き裂いたかのようになっている。

なんという打突なのだ？　しかも、一度の打ち込みで、へし折っている。何度も打ち込み、やっとへし折る己れとは、たしかに修行の年季が違う。

龍之介は呆然として折れた丸太の先を見ていた。

これほどの腕前の仏光五郎でさえ、真正会津一刀流を習得出来なかったのか。果たして、己れに、真正会津一刀流を習得する力は備わるのだろうか。

龍之介は丸太の山から、また一本を抜き出した。仏光五郎がへし折った丸太よりも、一回り太い。対《つい》になった三脚の支柱に丸太を渡した。

仏光五郎の言葉が頭に過《よぎ》った。

丸太も生きものだ。丸太の気持ちになってみろ、か。

龍之介は丸太に手で触れた。手で木肌を撫でながら、丸太の気持ちを思った。どこを打たれたら弱いと思うのか。龍之介は丸太を撫でながら、思わず苦笑いした。

仏光五郎は、こうして丸太を撫でながら、どこを打てば折れるのかを調べていただけなのではないのか。それを、丸太の気持ちを考えろなどといって……。

「龍之介坊っちゃまあー」

森の出入口の方から男の声が聞こえた。

「おーい、爺《じい》、ここだ、ここだ」

龍之介は手を振り、大声で下男の作平爺《さくへい》を呼んだ。

「龍之介坊っちゃまあ」

　森の出入口の方から、あたふたと走って来る作平の姿が見えた。おそらく、仏光五郎とすれ違ったことだろう。仏光五郎は、きっと作平が「龍之介坊っちゃま」と呼んでいるのを聞いて笑っていることだろう。作平爺には、みっともないから、「坊っちゃま」と呼ぶのはやめてくれ、といっているのだが、あらためてくれない。

「坊っちゃま、たいへんでございます」

　作平爺は息急《せ》き切って、龍之介がいる空き地に駆け付けた。

「どうした、爺」

　作平は、龍之介の足元にへたり込んだ。激しく肩で息をしている。作平は息をするのがやっとの様子で、口が利《き》けなかった。

　龍之介は木の枝に吊しておいた竹筒を取り、栓を抜いて、作平に渡した。竹筒には、まだ半分近く水が残っている。

「爺、落ち着け。水を飲め」

　作平爺はへたり込んだまま、竹筒を両手で受け取り、口をつけ、水をごくごくと飲んだ。飲み終わると着物の袖で口元を拭《ぬぐ》った。

「坊っちゃま、落ち着いて聞いてください。旦那様が……旦那様が、お亡くなりになったそうで……」

作平爺は話の途中で、おいおいと泣き出した。

「爺、何をいっているのだ？」

龍之介は、突然泣き出した爺に、呆れて笑いながら、いったい、何の話なのか、すぐには理解出来なかった。

旦那様とは、父上の牧之介のことだ。

父上が亡くなった、だと？

龍之介は胸騒ぎのもとが分かった。虫の知らせだ。江戸の父上の身に何かあったのだ。

「爺、お父上に何かあったというのか？」

「はい。先程、江戸から早馬がお城に駆け付け、旦那様が亡くなったという知らせが届いたそうです」

龍之介は、一瞬、すべてが遠退《とおの》くのを感じた。作平爺の声も姿も遠退き、飯盛山の森も林も、空き地も、横木も、すべてが別の世界に見えた。

「坊っちゃま。若旦那様が……」

作平爺が口をぱくぱくさせて、何かをいっている。その声が遠くから聞こえる。

「坊っちゃま、若旦那様が、至急にお戻りくださいと」

急に作平爺の声が耳元に甦った。龍之介は我に返った。

「兄上がお呼びか」

「はい。大至急に屋敷にお戻りくださいと」

「分かった。爺、すぐに帰るぞ」

龍之介は急いで木の幹に立てかけて置いた脇差しを掴み、腰に差した。草地に散らばった小物を掻き集め、片付けようとした。

「坊っちゃま、そんなことは爺がやります。すぐにお屋敷に」

「分かった。爺、後を頼む」

龍之介は脇差しを押さえ、森の出口に向かって駆けはじめた。

お父上が、お父上が、亡くなった？　どうして？　そんな馬鹿な。信じられない。

龍之介は泣きたくなった。自然に涙が目に滲んでくる。

だが、まだ本当にお父上が亡くなったかどうか分からない。爺が間違って聞いた話かも知れない。そうに決まっている。

龍之介は走りながら、どうか、何かの間違いでありますように、父上が無事でありますように、と神仏に祈った。

六

屋敷は沈痛な空気に包まれていた。

龍之介は座敷に座った真之助の前に、怖ず怖ずと膝を進めた。真之助の右隣には、気丈な面持ちの祖母おことがきちんと正座していた。

「龍之介、いいですか。何があっても武士の息子たる者、常に毅然としていなければなりませぬよ」

祖母おことは諭すようにいった。

「はいッ。祖母上《ばばうえ》」

龍之介は丹田《たんでん》に力を入れて答えた。同時に、父上は本当に亡くなったのだ、と思った。

だが、いったい、どうして？　何か事故に巻き込まれたのか？　それとも……。

「母上」

龍之介は、真之助の左側に正座した母理恵《りえ》に声をかけた。母は悄然としていたが、すぐに気を取り直し、優しい目を龍之介に向けた。目に涙が溢れている。

「龍之介、お父様は……」

母は、それ以上何も言葉が出なかった。

「お母様」

沈痛な面持ちの姉の加世が、母に寄り添っていた。

「大丈夫ですよ。あなたも気をしっかり持って……」

母は涙を堪《こら》えて、龍之介にうなずいた。

龍之介は項垂《うなだ》れている兄の真之助にいった。

「兄上、ただいま戻りました」

真之助は顔を上げた。口元を一文字にして、きりりと締め、顔は蒼白だった。だが、龍之介を見ると、ようやくほっとした表情になった。

「城から知らせがあった。江戸から早馬が戻ったので、至急に登城せよ、とな。それで、それがしは何事かと急ぎ城に上がった。すると、御家老から、お父上が亡くなられたと告げられた」

「本当ですか？」

「うむ。早馬の使者の知らせだが、江戸家老直々《じきじき》の手紙だ。本当だと信じるしかない」

「それがし、お父上の亡骸《なきがら》を見ないうちは、信じたくありませぬ」

「それがしも、おまえと同じ気持ちだが、江戸家老の手紙は、上様のお知らせでもある。上様の知らせを嘘だと、信じないというわけにもいかぬ」

真之助は腕組みをし、じっと目を瞑った。

「お父上は、どうして亡くなったというのですか。ご病気だったのですか、それとも不慮の事故とか……」

龍之介が全部までいわぬうちに、真之助が遮るようにいった。

「切腹なさった」

「なんですと！　切腹なさった？」

龍之介は頭をがんと殴られた思いがした。

「まさか……」

「父上は腹をお切りになったそうだ」

真之助は苦しそうにいった。

龍之介は真之助の苦悶《くもん》の顔を見て、黙った。

とても嘘や冗談とは思えない。

座敷に重苦しい沈黙が流れた。どこからか、子どもたちの騒ぐ声が聞こえた。赤ん坊の泣き声も響いた。

龍之介は声を搾《しぼ》り出すようにいった。

「父上は、なにゆえ、切腹なさったというのですか？」

「分からぬ」

「早馬の知らせには」

「書いてなかった。父上が切腹して果てたということだけだ。理由や訳は書いてなかった。次に来る早馬の知らせを待て、ということだった」

「次の早馬は？」

「おそらく、明日、遅くても明後日には、次の早馬が来るだろう。そうすれば、事情が分かるはずだ」

真之助は腕を組み、目を瞑《つむ》ったままいった。

ともあれ、龍之介は茫然として、その場に座り込んでいた。

翌日、また江戸藩邸から、早馬が駆け付けたものの、父上の切腹に関しては、密書となっていて、家老たち一部の執政しか読むことが出来ず、急ぎ登城した真之助に対し、その中身は知らされなかった。

いったい、何ゆえの切腹だったのか？

藩の執政たちは黙して語らず。

そのため、藩内には、父牧之介は江戸藩邸において、殿の愛妾《あいしょう》に手を出したのではないかとか、藩邸に出入りする商人たちから、藩米や木材と引き替えに、多額の賄賂を取って私腹を肥やしたのではないか、とか、藩の秘密を他藩に洩らしたのではないか、あるいは、父牧之介が過激な勤王攘夷《きんのう》の主張を繰り返し、果ては御上への恨みから腹を切ったとか、さまざまな憶測、悪意ある噂が藩内を駆け巡った。

龍之介は憤慨《ふんがい》した。

父牧之介に限って、士道に反することを行なうことはありえない。

龍之介は、兄真之助とともに、何度も登城し、家老たち一人ひとりに会い、父の切腹の理由を教えてほしい、と懇願した。だが、藩の執政たちは、これが表沙汰になれば、会津藩の名誉にかかわるとして、いっさい切腹の理由や訳を教えてくれなかった。

業《ごう》を煮やした真之助は、真相解明のため、江戸に出たいと申し上げた。

すると御家老たちは直《ただ》ちに申請を却下し、牧之介の自裁した理由を、藩の許可なく無断で調べることはあいならぬ、と真之助に厳命した。

真之助の話を聞き、龍之介は、藩はいったい何を恐れているのだろうか、と逆に疑問を持った。藩の御上や執政たちは、父牧之介の自害に絡《から》む何かの事案が表に出ることを恐れている。

父上は、いったい、いかなる虎の尾を踏んでしまったのか？　父上の死の背後には、とてつもない暗い闇が潜んでいるのではないか。

龍之介は、そう思わざるを得なかった。

ところが、藩の執政は、真之助や龍之介が抱く疑念を晴らすことなく、何の理由もいわずに牧之介が果たすべき密命を怠《おこた》り、藩の名誉を貶《おとし》める「不祥事」にかかわったとして、御上の名での処分を出した。その処分は、望月家のお取り潰し、花色紐組の上士の資格の剝奪《はくだつ》という厳しいものだった。

あまりにも厳しい処分に真之助は、筆頭家老の北原嘉門に異議を申し立てた。真之助は江戸藩邸の容保様に直訴し、牧之介切腹の真相を教えていただきたいとお願いすると申し出た。すると執政たちは、真之助たち遺族が牧之介の不祥事について、真相を求めないということを条件に望月家の取り潰しを取り消した。併せて、花色紐組の上士の資格の剝奪も取り消され、以前のままの上士とされた。ただし、二百石だった家禄は、半分の百石に減らされ、屋敷も藩に返還し、新たに百石取りの小さな拝領屋敷に移ることになった。なお、牧之介が亡くなったことに伴い、家督は嫡子《ちゃくし》の真之助が継ぐことが承認された。

こうした藩の温情ある処分は、北原嘉門に替わって、新たに筆頭家老に就いた一乗寺常勝の差配ということだった。

父の不祥事が何であったのか、執政たちは誰も、保秘として、ぴったりと口を閉じ、真之助たちに教えてくれなかった。

新たな主《あるじ》となった真之助と母理恵は、望月家を守るため、泣く泣く藩命に従うことにした。

しかし、藩は、もし真之助や理恵が藩命に背《そむ》き、牧之介の死の真相を暴くようなことをしたら、即刻望月家は取り潰す、と脅しをかけるのを忘れなかった。そこまでいわれ、真之助と理恵は黙するしかなかった。

藩校内では、牧之介が不祥事を起こし、藩の名誉を傷つけたという噂がいっぺんに広まり、龍之介は周囲から冷ややかな目で見られるので、居たたまれなくなった。

その後も、さまざまな問題が望月家にのしかかった。

まず禄高《ろくだか》が半分の百石に減らされたことから、武家奉公人もほぼ半数を解雇することになった。拝領屋敷も以前の半分もない小さな建物になり、部屋数も少なくなった。

加世の縁談も、突然相手側から破談を申し入れられ、加世は深く傷ついた。相手の男は、黒紐組の上士で、龍之介も尊敬する日新館の先輩だった。

龍之介は姉に代わって、尊敬する先輩に談判しようと、その先輩の屋敷に押しかけたが、居留守を使われ、体《てい》よく門前払いされた。

破談の理由は、父の「不祥事」だとは分かったが、真相を知る術《すべ》がないので、なんの弁解も出来ない。龍之介は泣く泣く引き下らざるを得なかった。

龍之介から話を聞いた加世は、半《なか》ば諦め顔で龍之介にいった。

「お父様は決して悪いことをして、切腹したのではありません。私は、そう信じています。きっと、お父様の自害には、藩を揺るがす、秘密があるのでしょう。藩は、そのために、お父様の自害を闇に葬ろうとしているのです。でも、きっと、いつか、それは明らかになるでしょう。それまで、我慢して待つしかありません」

龍之介は、姉と同じ思いだった。

いつか、自分が大人になり、一人前の侍となったら、なんとか口実を作って江戸に行き、父上がなぜ死ななければならなかったか、その真相を探り出す。

龍之介はそう決意するのだった。

望月家に降りかかった問題は、それだけではなかった。龍之介の元服式を、どう取り行なうか、である。

まず困ったのは、烏帽子親を引き受けてくれていた家老の原田武之臣が、病気を理由に烏帽子親を辞退して来たのだ。

原田武之臣は家老として、牧之介の死の真相を知っており、龍之介の烏帽子親になるのはまずいと思ったらしい。もっとも、持病の脚気《かっけ》が悪化し、歩くのも難渋《なんじゅう》しているると聞いたので、原田は病気を理由にするのが得策と考えたのだろう。

原田武之臣は父牧之介を高く買っており、これまで引き立ててくれた恩人だったので、文句はいえない。

烏帽子親に誰かなってもらえないか、と困っていた時に、名乗りを上げてくれたのは、日新館道場の指南役佐川官兵衛だった。佐川は、どこからか、龍之介の烏帽子親のなり手がいないと聞き、真之助に名乗りを上げてくれたのだった。

こうして、春四月、龍之介も、自宅にて、めでたく元服式を迎えることが出来たのだった。

祝いに駆け付けたのは、外島遼兵衛はじめ、小野権之助ら什の仲間と、日新館の先生方、近所の住人、武家奉公人たちだった。

龍之介は紋付袴《もんつきはかま》に裃《かみしも》を着けた姿で座敷の中央に座った。

烏帽子親の佐川官兵衛が、鋭利《えいり》な剃刀《かみそり》の刃を龍之介の前髪にあて、ゆっくりと剃り落とした。

什の仲間たちが歓声を上げて、龍之介の元服を祝った。龍之介は前髪の剃り跡に手をやり、いよいよ大人になるのだ、と決意した。

龍之介は、照れながら客たちの祝いの言葉を受けた。どこで聞き付けたのか、大槻弦之助おゆき夫婦と娘の奈美が祝いに駆け付けてくれたのはうれしかった。

座敷と庭に宴席が設けられ、祝いの酒がふるまわれた。

烏帽子親の佐川官兵衛が、大声で宣するようにいった。

「龍之介、これからは大人の男として、大志を抱き、堂々と生きていけ。たとえ、どこにいようと会津武士であることを忘れるな。いいな」

「はいッ。会津士魂を貫きます」

龍之介は、額の上の剃り跡に手をあてながら大声で誓った。

大勢の参列者たちの中で、紅色の振り袖姿の奈美が微笑んでいるのが目に入った。可愛い、と龍之介は思った。まだ十歳ぐらいなのに、仕草《しぐさ》が大人びている。

「おい、龍之介、祝い酒だ。飲め」

什の仲間たちが龍之介を取り囲んだ。いつの間にか奈美の姿は消えていた。

龍之介は、勧められるままに酒を飲んだ。

初めての酒で、龍之介はたちまち微酔《ほろよ》いになった。大勢の祝福を受け、少しだが酔いが回った。しばらくして酔い醒ましに庭に下り、天空を見上げた。春めいた青空が拡がっている。深呼吸をした。どこからか、花の匂いが漂ってきた。

第三章　真之助乱心

一

元服したからといって、見える世界が一変したわけではない。いったい、大人になるとは、子ども時代の自分と、どういう違いがあるというのか。

龍之介は、そう思いながら鏡の中の自分の顔を見た時、愕然とした。自分が見る世界は変わらないが、自分の姿が変わっている。

前髪を剃り落として、妙に涼しくなった月代《さかやき》を撫でながら、あらためて鏡の中の自分の顔を見回した。若衆髷《わかしゅまげ》だった自分とはまったくの別人だった。剃りたての月代は、日焼けせずに青々としている。目鼻立ちと顔の輪郭が辛うじて以前のままだった。

月代は兄の真之助が剃ってくれた。みんなが見ている前で、太い若衆髷を解き、髪を梳き、細い大人の髷に結い上げてくれる。　龍之介は髪結いが終わるまで、恥ずかしくて顔も上げられなかった。

　そうか、権之助や九三郎、文治郎、明仁たちが、若衆髷を落とした時、恥ずかしがっていたのは、己れの変身を意識したからだったか。中身が変わっていないのに、外見だけが変わる。この変身が、大人になる第一歩の通過儀式なのか。

　いつまでも子どもではいられない。そうとは分かっていても、外見が若衆髷の子どもだったら、いつまで経っても大人にはなれない。えいやっとばかりに、子どもの階段から大人への階段に飛び移る。もう子どもには戻れない。そう覚悟させるため、外見も一変させる。それが元服式だったのか。

　龍之介は鏡に映《うつ》った外見だけ変わった己れの顔を見ながら、ため息をついた。鬢《びん》のほつれ毛を髪油で撫で付ける。

　背後に人の気配を感じ、龍之介は振り向きながら、朝の挨拶をした。母理恵だった。母はまじまじと龍之介を眺め回し、口元をほころばせた。

「眉毛や目、それに口元、お父様そっくりですよ」

　母は手を伸ばし、龍之介の鬢の毛の乱れを愛《いと》しそうに撫で付けた。母は涙ぐんでいる。龍之介はじっとして、母のなすままにしていた。

「お父様に、こんな立派に、元服なさったあなたを見てもらいたかった」

母は喉元にぐっとこみあげてくるものを堪《こら》えて、袖を口元にあてた。

龍之介は目を伏せ、母の慟哭《どうこく》が収まるのを待った。

母はやがて静かにいった。

「あちらに朝のお食事のご用意ができています」

「はいッ、母上」

龍之介は、うなずき、顔を上げた。母は涙目ながら笑みを浮かべ、うなずいた。

「では、それがしも朝餉をいただきます」

龍之介は母に一礼し、座敷へと戻った。

座敷では兄の真之助が膳の前に正座し、朝餉を食していた。床の間の前に据えられた父の陰膳《かげぜん》の前に正座し、一礼した。父の膳には、朝餉とともに、一輪挿しに八重桜の小枝が挿されてあった。

真之助は箸を置いて、龍之介が父へ挨拶するのを見守っていた。龍之介は真之助に向き直り、朝の挨拶をし、おもむろに膝行《しっこう》して、自分の膳に付いた。

真之助はぼそりといった。

「龍之介、また一乗寺常勝様にお目にかかり、なんとか江戸行きを許してもらえるようお願いしようと思っておる」

一乗寺常勝は北原嘉門に替わって筆頭家老に就任したばかりだった。

真之助は、これまで何度も御家老たちに、父の遺骨を引き取りに、江戸に行かせてほしいと願い出ていた。だが、藩は、父を罪人として遺骨を会津に戻さず、江戸で無縁仏の墓地に入れるとし、真之助の願いを叶えようとしなかった。

父の遺骨を故郷の会津に戻し、望月家代々の菩提寺に納めたい。真之助は、その一心で御家老たちにお願いして回っていた。

家老たちは個別にあたると、みな一様に真之助に同情してくれる。だが、家老会議になると、誰かしらが異論を挟み、真之助の願いは却下されていた。

一乗寺常勝は、はじめから望月家を身贔屓していた。それは多分に娘結姫が望月家を嫁ぎ先としていたからだった。娘の結姫からも望月真之助を助けるよう懇請されていたのだろう。娘の願いを聞かない親はいない。

その一乗寺常勝も、こと真之助が遺骨を受け取るために江戸に行きたいという申請については承認しなかった。

一乗寺常勝は苦々《にがにが》しくいった。

「家老会議で何が話されたかを明かすわけにはいかぬが、わし以外の家老の手前もある。これ以上、望月家に肩入れすると、筆頭家老のわしの専横《せんおう》といわれかねない。だから、しばらく待て。いずれ、願い通りに江戸へ行くことができるようになろう」

常勝は、そういって真之助を慰めた。

それでも真之助は諦めず、いろいろと常勝に尋ねたが、常勝は家老会議で、誰が、なぜ、真之助の江戸行きに反対しているのかなどを教えてくれなかった。

常勝は不機嫌な顔になり語気を強めた。

「真之助、いずれ、おぬしの義父となるわしだ。そのわしを信じられないと申すのか」

真之助は、そこまでいわれると引き下らざるを得なかった。

龍之介は、好々爺《こうこうや》に見える常勝の困った顔を想像した。龍之介はまだ常勝に直接会ったことはない。

常勝が日新館に何かの行事の際に訪れた時、遠くからちらりと見ただけだ。その時の印象では、タヌキ顔に頭が禿げ上がった、太鼓腹の好々爺に見えた。

真之助は苦々しく笑った。

「好々爺だと？　とんでもない。結殿の父上だから、あまり悪くはいいたくないが、納戸組のわれらは、みな常勝殿の強引さや身勝手さに、ほとほと弱っておる」

真之助は望月家へ下された処分にともない、いったんは納戸組から外され、小納戸組に格下げされたが、いまは再び納戸組に引き上げられていた。

「へえ。人は見かけによらないのですね。タヌキを思わせる体付きから、穏やかで、聞く耳を持ったお方だと思っていたけど」

「うむ。見かけの穏やかさに隠れて、裏のある人だ。それに頭が切れる。納戸組の者にいわせれば、常勝殿は何を考えておられるか分からぬ、恐ろしい方という評判だ。それがしも常勝殿は、よくいって策士、悪くいえば陰謀家だと思うておる」

「策士で陰謀家ですか」

「うむ。ともかく知謀の人だ。いろいろな策を思いつき、それを強引に実行なさる。邪魔する者がいれば、力でねじ伏せ、排除することも辞さない。味方である時は頼もしいが、敵に回したら何をするか分からない、恐ろしいお方だ」

真之助は、何かを思いついたのか、ふっと笑い、付け加えるようにいった。

「ある時、お父上がそれがしに、そっと耳打ちされたことがある。一乗寺常勝殿には、絶対に気を許すな、と。結殿は常勝殿の唯一の泣き所だ。おぬしは、決して結殿を離すでないぞ、となⅰ。それがしは怒った。父上、義父は義父。それがしは、結殿を嫁にするだけのこと。結殿を人質に取るような卑怯な真似はできませぬ、となⅰ」

龍之介は茶碗のご飯を食べながら、その時の兄の真剣な面持ちを思い出し、つい顔を綻《ほころ》ばせた。

兄にとっても結姫は泣き所ではないか。

兄が、どんなに結姫に思いを寄せているかがよく分かる。

「龍之介、どうした？　食べながら思い出し笑いをしおって」

真之助が母の注いでくれた茶を啜りながら、龍之介に声をかけた。

「……ちと思い出すことがありまして」

「いったい、何だ？　何を思い出したというのだ？」

「いえ。何でもありませぬ」

龍之介は湯呑みに入った茶を茶碗のご飯にかけた。たくわんの欠片《かけら》を嚙り、箸でご飯を掻き込んだ。

母は呆れた声を立てた。

「まあまあ、なんです。龍之介、そんなに慌てて朝ご飯を食べるのは、お行儀が悪すぎますよ」

「はい。申し訳ありませぬ。ご馳走様でした」

龍之介は、父の陰膳と、真之助と母にそれぞれ、お辞儀をして立ち上がった。

遠くで叩く戟門の太鼓の音が響いている。日新館の朝の開門の太鼓だ。

姉の加世が、母の膳を捧げ持ちながら、座敷に入って来た。下女のトメが加世の膳を運んで来る。

「あらあら、龍之介、早いのね」

「今朝は、朝稽古がありますので」

龍之介は下女に後片付けを頼み、そそくさと座敷を後にした。

二

日新館の門前には、今春に入学した新入生たちが、門番や上級生に元気な声で朝の挨拶をしながら、校内に入って行く。

新入生たちは大成殿に一礼し、それぞれ、素読所や武講所、道場などに散って行く。

龍之介も新入生たちに混じり、大成殿に礼拝してから、道場へと足を進めた。

道場では、すでに授業前の朝稽古が始まっていた。竹刀を打ち合う音や床を踏む足音が響き、空を裂く気合いが道場内に谺《こだま》する。

龍之介は控えの間に座り、下級生の門弟たちに混じり、羽織と小袖を脱ぎ、稽古着に着替えた。

「おい、望月、ちょっと顔を貸せ」

龍之介はいきなり上から怒声を浴びせかけられた。

ばたばたっと足音が響き、龍之介の周りに、五、六人が集まった。いずれも稽古着姿に竹刀を握っている。周りの門弟たちはかかわるまいと、みなこそこそと道場の方に出て行った。

北原派の佐々木元五郎が立っていた。周囲に立っているのは、元五郎の仲間や配下たちだった。

佐々木元五郎は黒紐組下の上士で、北原従太郎の同輩だ。日新館の最上級生の一人で、後藤修次郎亡き後、北原派の重鎮になっている。道場の門弟の席次は、常に三席以内にいる上級者でもある。周りを見回すと、頭の北原従太郎の姿はなかった。

「何のご用ですか」

龍之介は半袴の腰紐を締め直しながら訊いた。

佐々木元五郎は、竹刀の先を龍之介の胸に突きつけ、ぐいっと押した。龍之介は軀が揺らぎ、思わず竹刀の先を手で摑んだ。

「用があるから呼んだんだ。望月、おまえの親父は藩に背いた罪人なんだろう？　罪人の倅が、どうして白々しく平気な顔で、我が日新館に顔が出せるんだよ？　恥を知れ、恥を」

　龍之介はむっとして、佐々木元五郎を睨み返した。

「それがしを貶《おとし》めるのならともかく、父上を侮辱するのは許さん」

「何が許さんだと。罪人の息子が偉そうに何をいうか」

　佐々木元五郎は嘯《うそぶ》き、龍之介が摑んだ竹刀の先を強引に引き抜いた。

「父上は決して士道に反するようなことはしない」

「では、おまえの親父は、なぜ死んだ？　なんで腹を切ったんだ？」

「…………」龍之介は黙った。

「藩に迷惑をかけたからだろうが」

　佐々木元五郎は憎々しげに龍之介にいった。

　龍之介は反論しようにも、何にも事情を知らされていないので、反論出来なかった。

　ただ、父上を信じるのみだった。

「父上は何も疚《やま》しいことはしておらぬ」

「嘘をつけ。おまえの親父は、内緒で藩の金に手をつけたんだ。それがばれたから腹を切ったんだ。知らんのか」

佐々木は仲間や周囲の門弟たちに聞こえるように大声で怒鳴った。

「誰が、そんなことをいった？」

佐々木元五郎は鼻の先で笑った。

「誰だっていいだろうが。おまえの親父は、藩の公金を使い込み、私腹を肥やしていた。それがばれて、死ななければならなくなったんだ」

「知らぬ」

龍之介は左右に頭を振った。

佐々木元五郎は、そんな話を、いったい誰から聞き込んだというのだろうか？

「知らぬだと？　ふざけおって。おぬしの親父が筆頭家老の北原嘉門様の信頼を裏切って迷惑をかけたのだ。お陰で北原嘉門様は筆頭家老を辞めて引退なさった」

龍之介は、そうか、と合点《がてん》がいった。おそらく北原従太郎が、前筆頭家老だった父の嘉門から、牧之介が切腹した事情を聞き出したに違いない。北原従太郎は、それを佐々木たちに洩らしたのだろう。

「…………」

龍之介は反論も出来ずに黙るしかなかった。

佐々木元五郎はなおも言い募った。

「藩からお取り潰しの処分が下りたのに、おまえら、今度は一乗寺様にすがって、お取り潰しの処分を取り消させたのだろう。盗人猛々《ぬすっとたけだけ》しいとは、おまえたちをいうんだ。なあ、みんな」

佐々木元五郎は、周囲を見回した。

「そうだぜ。罪人の倅が、ぬけぬけと道場に顔を出しやがって」

「北原さんたちの顔に泥を塗りやがって、けしからん」

「本当なら、閉門蟄居してなければならぬ身じゃないか」

「それをのこのこ出て来やがって。図々しい野郎だ」

「恥を知れ、恥を」

元五郎の仲間や配下たちは、口々に龍之介を詰《なじ》り、嘲《あざけ》り笑った。

龍之介は口を一文字に引き、ひたすら罵詈雑言《ばりぞうごん》に耐えていた。

頭の中が混乱していた。もし、父上が元五郎がいうような汚職に身を染めていたなら、どんなに罵声を浴びても耐えるしかない。だが、龍之介は、藩の誰からも、父上がなぜ死ななければならなかったのか、教えてもらっていない。ただ、父上が不祥事を起こしたということで、すべては秘密の壁に囲まれ、切腹したという事実だけが残されているだけだ。

己れは、どうしたらいいのだ？

龍之介は泣きたい気持ちだった。子ども時代だったら、泣き出し、その場から逃げ出していただろう。だが、元服し、大人の一歩を踏み出した身で、人前で泣くことは出来ない。

「こらあ、おまえたち、そこで何をしておるか」

師範代の相馬力男の声が轟いた。下級生たちが龍之介がいじめられているのを見て、機転を利かせ、師範代の相馬力男に知らせたのだった。

「あ、いけね。先生だ」

佐々木元五郎たちは顔を見合わせた。

稽古着姿の相馬力男は、竹刀で指した。

「おまえたち、朝の稽古もせず、こんなところで何を遊んでおる。さっさと道場に出て、稽古せんか」

「は、はい」

佐々木たちは、ばたばたと走って道場に出て行った。

「こらあ、走るな。館内では走るなといっているだろう」

師範代の相馬力男は佐々木たちの背に、笑いながら追い打ちの怒声を浴びせた。それから、龍之介を振り向いた。

「望月、おまえも、道場にも出ず、そんなところで、何をぐずぐずしておる」

「はい。それがし、本日は稽古を……」

相馬力男は、龍之介の言葉を遮った。

「馬鹿者！　あいつらに何をいわれたか知らぬが、おまえはおまえだ。しっかりしろ」

「は、はい」

「その軟弱な根性を叩き直してやる。道場に出ろ。拙者が稽古をつけてやる」

「はいッ」

「早く、用意しろ」

「はいッ」

龍之介は、気持ちを切り替えた。立ち上がり、竹刀掛けに走り寄った。自分の竹刀はなかった。誰かが黙って隠してしまったらしい。いやがらせだ。龍之介は仕方なく、そこにあった竹刀の中から、手ごろな一本を選んで握った。

振り向くと、すでに師範代の相馬は竹刀を携え、道場に向かって歩いていた。龍之介は慌てて相馬力男の後を追った。

師範代相手の打ち込み稽古は、遠慮せずに打ち込めるので、龍之介にとっては非常にいい稽古になる。

それでも龍之介は横木の丸太に打ち込むような力は使わず、ある程度力を抑えて、師範代に対していた。それでも、時折、師範代は龍之介の打ち込んだ竹刀を竹刀で受けた後、しばし稽古を止め、手をぶらぶらさせたり、腕を揉んだりした。手が痺れているのだ。

「申し訳ありませぬ」

龍之介は、その度に師範代に頭を下げた。師範代は「望月は、いつから、こんなに打ち込みが鋭くなったのだ？」とうれしそうに笑った。

師範代に打ち込みの稽古をしているうちに、さっきまでの欝屈した気持ちはなくなり、周囲の門弟たちの視線も気にならなくなった。

戟門での太鼓が鳴るまで、龍之介は我を忘れて稽古に集中することが出来た。だが、稽古が終わると、佐々木元五郎のいった言葉を思い出し、兄の真之助に報告せねばならない、と思うのだった。

三

龍之介は、日新館から帰った後、いつものように、野袴に稽古着姿で、飯盛山の森に稽古に出かけた。

森の空き地は人気《ひとけ》もなく静まり返っていた。

龍之介は手足や腰を動かし、軀を解《ほぐ》した。

材木の山から、手ごろな太さの丸太を選び、三脚に組んだ木組みの間に渡した。

木剣を持ち上げ、右八相に構えて、丸太を睨んだ。呼吸を整え、気を高めた。

間合い二間。いつもより、やや間がある。

無念無想の境地に入り、ますます打ち気を高め、全身に気を回す。

草地を飛ぶように駆け、一気に間合いを詰める。斬り間に飛び込み、気合いもろとも、大上段から木剣を丸太に叩き込んだ。

手応えがあった。龍之介は衝撃を手から腕、腕から全身に受け流した。

気合いと、木と木がぶつかり合う音が森に谺して消えた。

メリッという木の音が立った。

龍之介は木剣を後ろに引き、残心した。

丸太の真ん中がへし折れ、地面に落ちて転がった。

背後に人の気配があった。

殺気はない。敵意は感じない。

龍之介は木剣を腰に携え、ゆっくりと後ろを振り返った。

白髪白鬚の天狗老師が立っていた。傍《かたわ》らに、師範代の武田広之進が控えていた。

「うむ。ようやく、毎回、丸太をへし折ることができるようになったな。よろしい、よろしい」

「ありがとうございます」

「いまのおぬしの腕前をしかと見た。次の段階の修行に入ってもよかろう」

「はい。ありがとうございます」

龍之介は天狗老師に頭を下げた。

「先に梅雨が明けた夏に安達太良山で修行すると申しつけてあったが、籠もる場所を変える。修行の時期も繰り上げる。梅雨に入る前に、磐梯山《ばんだいさん》に籠もり、荒行《あらぎょう》に挑む。よいか」

「はい」

いいも悪いもない。龍之介も、修行出来る時に修行を積んでおきたかった。

「日新館の方は？」

「しばらく休学すると届けるがよかろう」

「その理由は？」

「そんなことは、自分で考えろ。ただし、天狗の下《もと》での修行のためなどとは申すなよ。これはあくまで保秘の修行だ。しばらく諸国漫遊の旅に出るとでもいうのだな」

天狗老師はにやにやした。

「では、それがし、その諸国漫遊の旅ということで申請します」

「ただし、藩も頭が固い。それで許してくれるかどうかは、保障せんぞ」

「分かっております。自分の頭で考えます」

天狗老師は傍らの師範代に向いた。

「師範代、出立《しゅったつ》はいつにするか？」

「明日では忙《せわ》しいでしょうから、明後日の朝ということでは？」

武田広之進は静かに答えた。

「龍之介、聞いたな」

「はい。明後日の朝でございますね」

師範代の武田がうなずいた。

「夜明け前に、ここへ参れ。それがしが修行の場に連れて行こう」

「はい。夜明け前に」

龍之介は、どんな修行になるのか、胸を躍らせた。

「ところで、龍之介、おぬし、元服したら、童顔ではなく少し凜凜《りり》しい青年らしくなったのう。見違えるほどだぞ」

天狗老師はにこやかに笑った。

「……恥ずかしいです。まだ、心は子どものままなのに」

「ははは。師範代、どう思うか？」

「師匠、甘い顔をしてはなりませぬ。この年頃、必ず付け上がりますゆえ」

武田広之進は冷ややかにいった。天狗老師は鷹揚にうなずいた。

「龍之介、これからの修行は、死ぬほど厳しいぞ。板の間剣法や竹刀の剣法とは違う、山岳剣法を習得する修行だ。修行に耐え切れず、脱落していった者は多い。覚悟をしておけ」

「はいッ」

龍之介は元気よく返事をした。

「ところで、修行は、それがし一人なのでしょうか？」

天狗老師は師範代の武田広之進と顔を見合わせた。

武田広之進が厳しい口調でいった。

「仕上げの最終段階で、生き延びた者何人かと合流する。ただし、それまで、龍之介、おぬしが生き残っていればの話だ」

生き延びた者？　生き残っていれば？

龍之介は目をしばたたいた。修行中に死ぬ者も出るというのか。

「ははは。龍之介、おぬし、会津武士として、いつでも死ぬ覚悟はできておるのだろうな」

「はい。覚悟はしております」

「ならば、驚くことはあるまいて」

龍之介は、ふと仏光五郎のことを思い出した。

「天狗老師様、一つ、お尋ねしたいことが」

「何だ？　いうてみい」

「しばらく前に、ここで、それがしが打ち込みの修行をしている時、仏光五郎が覗きに来ました。それがしの千回打ち込みを見て、仏光五郎は、昔、己れもやったと申しておりました。仏光五郎も、天狗老師様の弟子だったのでしょうか？」

「ふうむ」

天狗老師はまた武田広之進と顔を見合わせた。いうか、いうまいか、天狗老師は迷った様子だった。武田広之進が、いいのではないか、とうなずいた。

「仏光五郎は、最終段階の一歩手前まで、わしの下で修行した。だが、己れの腕に慢心し、脱落した」

「脱落ですか？」

「女をめぐって相手と争うあまり、習得した剣技を振るい、相手を斬ってしまったのだ」

「相手は死んだのですか」

「いや、幸い命は助かったものの、不幸なことに深手を負い、半身不随になってしまった。当然のこと、わしは破門した」

「藩からの処罰は？」

「ない」

「どうして、ですか？」

「仏光五郎には、藩からいわれた密命があった。その密命のために、仏光五郎は一度ならず、西国に派遣された」

「その密命というのは何だったのですか？」

「それは保秘だ。死ぬまで誰も話すことはない。仏光五郎が話せば別だが。その時は、仏光五郎は死ぬことになる」

龍之介は、仏光五郎ほどの腕前を持っている男が、そのような秘密を抱いているとは、信じられない思いだった。

「龍之介、御留流を習得することは、藩のために生きることを意味するのだ。あるいは、藩のために死ぬことになるやも知れぬ。ただの剣法真正会津一刀流を習得することではない」

「そんなこととは知りませんでした」

龍之介は正直にいった。

「嫌だったら、いまのうちだ。修行を辞退しろ。無理遣り、おぬしに習得させるつもりはない」

天狗老師はじろりと目を剝いて、龍之介を睨んだ。

龍之介は考え込んだ。

御留流の真正会津一刀流を習いたいという気持ちは強かった。だが、藩のために生きる、藩のために死ぬ、ということになるとは、思いも寄らなかった。

「今夜一晩、ゆっくり考えさせていただけませんか」

龍之介は天狗老師にいった。

天狗老師は武田広之進と顔を見合わせた。

天狗老師は優しい口調でいった。

「よろしい。では明後日の朝まで、よく考えて結論を出せ。明後日の朝、来ればよし。来なければ辞退したと考えよう」

「ありがとうございます」

龍之介は天狗老師と師範代の武田広之進に深々と頭を下げた。

四

龍之介が家に戻った時には、日は落ち、町は夜の帳《とばり》に覆われていた。

「お帰んなさい」

玄関先で迎えてくれた下女のトメは、すぐに足を洗う湯桶を運んで来てくれた。

龍之介が上がり框《かまち》に腰を下ろし、足袋を脱いで裸足になると、トメが嘆くようにいった。

「まああ、お坊っちゃま、こんなひゃっこい足してて。いくら春といっても、霜焼けになっちまうべな」

トメは、さっそくに龍之介の足を温かい湯に浸け、洗い出した。

「トメさん、それがしを、お坊っちゃまと呼ぶのはやめてくれないか。それがし、もう子どもではない」

「はいはい、お坊っちゃま」

トメは皺だらけの顔で笑い、洗い終わった足を雑巾で拭きはじめた。トメは龍之介が赤ん坊のころから望月家に奉公していた。いつまで経っても、龍之介は坊やにしか見えないのだ。足を洗うのも、自分でやるといっても、トメは自分の仕事だと譲らなかった。

「トメさん、ありがとう」

龍之介は足を洗ってくれた礼をいった。

奥の部屋から、母や姉、兄の真之助の話し声が聞こえた。

「兄上は戻っておられるのかな」

「はいはい。若旦那様は先程お戻りになられましたよ」

トメは洗い桶を手に台所に戻って行った。

龍之介は座敷を覗いた。座敷には、行灯《あんどん》の明かりに照らされ、母の理恵と姉の加世が、兄の前に座って何事かを話していた。

「母上、兄上、姉上、ただ今帰りました」

「お帰りなさい」

理恵はやつれた顔で龍之介を迎えた。

「遅かったわね。とっくに学校は終わっているのに」

加世は責めるようにいった。

「少し、稽古が長引いて」

龍之介は、母や姉には天狗老師の下で稽古をしているのは内緒にしていた。兄には、口外無用として、天狗老師から指導を受けていることを明かしてある。

「龍之介、喜べ、それがし、江戸へ行けることになった」

真之助は静かな声でいった。

「そうでしたか。一乗寺様がお許しになったのですか」

「そうだ。江戸に行き、お父上の遺骨をお寺から引き取り、すぐに戻れという条件だ。何もするな、調べるな、遺骨を受け取ったら、直《ただ》ちに戻れ、とのことだ」

「どうして、そんな条件が？」

「付いたというのか、だな。それがしも、一乗寺様にお訊きした。すると、お父上はある密命を帯びて江戸で動いていた。ところが、お父上は、あろうことか、その密命を果たさず、密命にかかわる藩の大金を横領したというのだ」

「馬鹿な。お父上が横領などするわけがない」

「それがしも、そう申した。すると、一乗寺様も自分も望月牧之介は潔癖で正直な侍だから、そんなことをしない、と思っていると。だが、お父上がなぜ亡くなったのかを調べると、藩が命じた密命が明らかになる。それは、絶対に避けたい。藩の要路の誰もが守るべき保秘だというのだ」

「それで、何も調べずに戻れ、と申されるのですか」

「そうだ。もし、その藩命に不服があるなら、それがしの江戸行きは許可されない」

真之助は腕組みをし、深いため息をついた。

「いったい、藩はお父上に、何をさせようとしていたのですかね」

「分からぬ。お父上は、生前、何もおっしゃらなかった」

「そもそも、江戸藩邸の御用所密事頭取という役職は、何を扱う仕事なのですか？」

「それがしが、漏れ聞いている話では、幕府や他藩との交渉、幕府に知られてはまずい、異国との交渉、洋式武器や非合法品の購入などを取り仕切っているらしい。それとて、内緒の話だ」

「御用所といえば、若年寄支配の事務どころだと聞いていますが」

「若年寄支配だが、そのすぐ上には筆頭家老がいる。筆頭家老の命令を、若年寄が仕切っているというわけだ」

「なるほど」

龍之介は合点がいった。

以前は、筆頭家老は北原嘉門だった。つまり、父が密命を果たさず、自害してしまったために、北原嘉門は激怒し、望月家を取り潰しにするという苛烈《かれつ》な処分を下した。

一乗寺常勝は筆頭家老になって、その処分を覆したわけだ。娘の結姫の婚約者である真之助の望月家を取り潰しにされては、ということであろう。

「兄上、一乗寺常勝殿が筆頭家老になられ、助かりましたね」

「そうではあるが……」

真之助は言葉を濁した。

「兄上、いいではありませぬか。一乗寺常勝様からいわれた通り、お父上の遺骨を受け取ったら、何も調べず、すぐにお戻りになられては」

「そうですよ。私も、これ以上、藩の方々に迷惑をおかけしないように、と申し上げていたところなんです」

母も我が意を得たようにいった。姉の加世は、少し意見が違うようだった。

「でも、せっかく兄様は、江戸へ行くのよ。密命を訊くのではなく、お父様の最期は、どうだったのかぐらいは、お聞きしたいでしょう。切腹なさったとすれば、誰が介錯なさったのかも。少しぐらいは、江戸藩邸の知り合いから聞いてもいいんじゃないかしら」

龍之介も加世に賛成した。

「うん。それもそうだな。ただ遺骨を受け取って戻るだけなら、兄上でなくてもいい。うちの若党か誰かでいいことになる。望月家の跡取りの兄上が行く以上、それなりの話は聞きたいものですね」

真之助は、大きくうなずいた。

「分かった。密命に触らぬよう、それとなくお父上の死んだ様を聞こう」

母が涙ぐみながらいった。

「いえ、真之助、お聴きするなら、旦那様が最期まで生きた様子を訊いてください」

「分かりました。母上、お父上の生きた様を聞いて参ります」

龍之介は尋ねた。

「それで、兄上、いつ江戸へ行くおつもりなのですか?」

「明日にでも発つ。いいですね、母上」

母はうなずいた。

「分かりました。旦那様が亡くなってから、もう三月《みつき》も経ちますものね。一日でも早く、菩提寺に遺骨を納め、供養しないと、あの人も浮かばれません」

龍之介は、この機会を逃したら、きっと言い出しにくくなる、と思った。

「兄上、母上、実は折り入って、お願いがあります」

「何かな」

「それがし、剣術修行のため、山に籠もりたいと思うのですが、お許し願えませぬか」

龍之介はじっと兄の顔を見た。

「剣術の修行で山に籠もるですって?」

母は驚いた顔になった。姉も戸惑った表情になっていた。

「日新館の道場での稽古では足りないのですか?」

「はい。それがしには、足りません。兄上には、分かっていただけることかと」

龍之介は、以前に兄に伝えた天狗老師の下での修行のことを、兄が思い出してほしい、と思った。

真之助は大きくうなずいた。

「いいだろう。龍之介、修行に行って来い。それがしが家長として許す。修行に行く以上、必ず免許皆伝をめざせ」

「はいっ。ですが、免許皆伝になるには、だいぶ月日がかかるかと」

「ならば、せめて大目録《だいもくろく》、いや小《しょう》目録でいい、必ず取れ。そうならば、許す」

真之助はにやりと笑った。

「はい。では、せめて、目録を頂くぐらいの腕前になる、と誓いまして、山に籠もります」

「それで、いつ籠もるというのだ？」

「はい。兄上が明日出立した後、明後日の朝には、修行に出たいと思います」

母と姉が顔を見合わせた。

「まあ、二人とも、明日明後日に旅立つとおっしゃるのね」

「落ち着かないこと。でも、分かりました。龍之介も、男として決意なさったのでしょう。わたしたちも応援します。行ってらっしゃい」

母は決然としていった。

「ありがとうございます。母上、兄上、必ず、それがし、無事修行をして参ります」

真之助は大きくうなずいた。

「龍之介、それがしも、期待しておるぞ。おぬしは望月家の誇りだ。行って来い。家のことは、母上と加世が引き受ける。安心して修行してこい」

真之助は龍之介を大声で励ました。

五

夜明け前、飯盛山の森は目覚めた鳥たちの喧騒に満ちていた。

龍之介は朝の冷えた空気を何度も吸っては吐きして、呼吸を整えた。

「決心が付いたか」

後ろから天狗老師の声がした。

「はい」

龍之介は振り向き、片膝立ちになって、天狗老師に頭を下げた。

「よろしくご指導のほどお願いします」

「あらかじめ申しておく。これまで日新館道場で習った剣術は、板の間の摺り足剣術だ。実戦には役立たぬ。実戦は足場の悪い野山で行なわれる。石や岩がごろごろしている山野や岩場での戦いに摺り足剣術は通用しない。分かるな」

「はい」

「山野での戦いには、どんな雨風にも耐えられる強靱な軀と精神力が必要になる。しかも野戦では剣捌きだけでなく、体捌きが重要だ。山に籠もるのは、そうした軀を作り、体捌きを身につけるためだ。さらに、何が起こっても、臨機応変、慌てず、冷静に判断して対する平常心を養わねばならない。分かったな」

「はい。分かりました」

龍之介は神妙にうなずいた。天狗老師は傍らの木立に向いていった。

「師範代、では、龍之介を連れて行け」

「はい。師匠様」

木立の陰から黒い人影が現われ、天狗老師の傍らに片膝立ちして座った。

「では、龍之介、それがしについて参れ」

「はい」

師範代の武田広之進は黒装束だった。武田はすっと立つと、森の中の小道をすたすた。た。


「行け。置いて行かれるな」

天狗老師は龍之介にいった。龍之介は弾かれたように師範代の後を追って走り出した。

武田は後ろも見ず、前を歩いて行く。龍之介は必死に師範代の直後について歩こうとするのだが、すぐに引き離される。師範代は歩いているのだが、龍之介には、まるで走っているかのように速い。

森を抜けると、平地になり、また深い森になる。森の梢越しに磐梯山の山容が見える。

はじめは、どこをどう歩いているのか分からず不安になったがともあれ、師範代の姿を見失わないように歩くしかなかった。森の中の道は、小道だったり、突然道がなくなり、藪《やぶ》や草叢《くさむら》に覆われた獣道になる。藪漕《こ》ぎをしながら、斜面の林を抜け、さらに道なき道を進んでいく。あまりに森が深いので、方向感覚が失われ、どこへ向かっているのか、およそ見当もつかない。

龍之介は必死に師範代の姿だけを見失わぬように、ついて歩いた。

だが、龍之介が追いついたと思うと、師範代はそれを待っていたかのように、すぐ引き離す。師範代は藪道に入っても、少しも速度が落ちない。

龍之介は息急《いきせ》き切って師範代の後を追った。師範代は草や藪を軀でなぎ倒し、軽く飛び越えて先に進む。龍之介は師範代の体捌きを真似して、藪や草叢を掻き分けたり、飛び越した。

森の切れ目に出ると、目前に磐梯山が聳《そび》えているのが見えた。先刻よりも、さらに大きく磐梯山が見えるので、すでに磐梯山の麓に入っていることが分かった。

木陰から見える太陽の位置は、かなり上になっていた。無我夢中で歩いているうちに、昼近くになっていた。

だが、相変わらず師範代は龍之介が付いて来ているかどうか確かめもせず、黙々と藪漕ぎをして森の中を進んで行く。やがて突然に森が終わり、渓流の河畔に出た。

師範代は渓流の岸沿いを遡《さかのぼ》っていくと、流れの中に岩々が突き出ている場所を見つけた。いきなり身を翻《ひるがえ》し、突き出た岩の上をぴょんぴょんと跳ねるように跳び渡った。

師範代は、ちらりと龍之介を振り向いた。たぶん、ここを渡れというのだろう。

龍之介は師範代の跳び方を真似して、岩の上をぴょんぴょんと跳び渡った。

対岸に着いた時には、師範代は先を歩いていた。龍之介は再び、師範代に置いて行かれないように駆けた。

やがて、また森が終わり、小高い山の斜面に出た。師範代は急斜面に取り付いた。斜面に突き出た岩や木につかまり、身軽にどんどんと斜面を登って行く。

さすがに龍之介も、急斜面を師範代のようには登れず、見る見るうちに引き離され、置いて行かれた。師範代の姿は崖の上に消えた。

「師範代、いましばし、お待ちくだされ」

龍之介は大声で叫んだ。

崖の上から師範代の顔が下を覗いた。

やがて、するするっと師範代が急斜面を滑るように降りて来た。まるで猿のように身軽に見えた。師範代はすとんと龍之介の傍らに降り立った。

「登れぬか？」

「はい、登れません」

龍之介は素直にいった。師範代はにやにやと笑った。

「龍之介、音《ね》を上げるのが早すぎるぞ。ここは序の口だ」

「まだ序の口ですか」

龍之介はため息をつき、そそり立つ崖を見上げた。師範代の後を追って登るうちに、いつの間にか、結構な高さまで登っていた。下に降りようにも、足場が悪く、滑り落ちそうで目眩《めまい》を覚える。

「怖いか」

「はい。怖いです」

「正直だな。ほかの者は平気な顔でついてくるぞ」

「それがし、高いところが苦手《にがて》です」

龍之介はちらりと下を見た。見下ろすだけで足が竦《すく》む。

師範代の武田は仕方がないやつだという顔をした。

「教訓その一。登れない時には、迂回路を探せ、だ」

「迂回路があるのですか？」

「道は一本だけではない。必ず別の道があるものだ」

武田は目で左手のなだらかな斜面を指した。よく見ると岩場に人が通ったような踏み跡がある。

「杣《そま》の道だ。それを辿れ。必ずこの上に出る」

武田はいった。龍之介は、その踏み跡を辿るようにして、岩場に足を進めた。いつの間にか師範代の姿は消えていた。

杣道は、杣人たちが山の中を移動するのに使う山道だった。しばらく斜面を横断するように続くと、今度は戻るように斜面を斜めに登る。長い九十九折《つづらお》りの山道となっていた。

かなり迂回したものの、ようやく崖の上に出た。岩の上には、師範代がキセルを咥え、のんびりと莨《たばこ》を喫っていた。

「おう、やっと参ったか」

「着きました」

龍之介はほっと一息つき、そこから見える眺望に息を呑んだ。東に青々とした水を湛《たた》えた猪苗代湖が広がっており、北に磐梯山の禿げあがった荒々しい山容が聳えている。

師範代は景色に見とれる龍之介に笑いながらいった。

「昼までには、めざす四合目の天狗岩に着きたい。すぐに発つぞ」

「ちょっと待ってください。一口水を」

龍之介は呼吸を整えながら返事をした。岩に腰掛けて、腰に下げていた竹の水筒を取り、栓を抜いて口をつけ、ごくごくと水を飲んだ。手拭いで首や胸元の汗を拭った。あたりを見回した。緑の山々の先に、磐梯山の山容があった。夢中でここまで来たが、磐梯山はまだだいぶ先だった。

「これからは沢伝いに坂を登り、賽《さい》の河原を越える。そうすれば、天狗岩まで、もうひと踏ん張りだ。いいな。ついて参れ」

師範代は、それだけいうと、キセルを仕舞い込み、腰に挟んで立ち上がった。龍之介も慌てて腰に水筒を戻し、立ち上がった。

師範代は先の森に踏み込んで行った。龍之介も後を追って森の中に駆け込んだ。

六

旅姿の真之助は会津西街道から日光街道に入り、江戸へ向かって急いでいた。会津若松《わかまつ》城下を発って、すでに十日が過ぎた。急ぐ旅ではないが、足の重い旅だった。街道をゆく旅人はまばらだった。

真之助が江戸へ行くのは二度目のことだった。一度目は江戸に大地震があり、会津藩の上屋敷が倒壊した。中屋敷も全壊し、三田の下屋敷だけが無事だった。そうした事態を受け、上屋敷、中屋敷再建のために、藩が急遽、大工や左官、鳶たちをかき集め、江戸に派遣した。その救援隊の一員として、仲間と一緒に江戸に行ったのだ。

だが、今回は中間《ちゅうげん》の坂吉《さかきち》を供にしての私的な旅だ。藩から派遣されての旅では、街道筋の本陣宿に泊まったが、今回はすべての段取りは自分でやらねばならない。宿場町に着く度に、自分で木賃宿《きちんやど》を探して泊まるしかない侘《わび》しい旅だった。

真之助は歩きながら、何度も考えた。

いったい父上の身に何があったのだろうか。

震災直後に三田の下屋敷でお会いした時、父上はお元気で張り切っておられた。御用所密事頭取の役目も順調で、すべてうまくいっている、と申されていた。

父上は密事については何をなさっているのか、いっさい教えてくれなかったが、言葉の端端から、他藩や異国との交渉に携わっているらしいことは、おおよそ窺《うかが》えた。

それでも、真偽は別にして、どこからか漏れ伝わってくることはある。それによると、父上は藩のために異国から最新式の銃を買い付けようとしていた、というのだが、本当なのか、どうかは分からない。それが本当だったとしても、なぜ、父上が切腹せざるを得なかったのか、その理由が分からない。買い付けに失敗したから、切腹したのか？

買い付けにまつわる何かの不都合があり責任を取ることになったのか？　それとも、何らかの不祥事に巻き込まれたのか。

「若旦那様、いよいよ大川《おおかわ》でございますよ。あの千住大橋《せんじゅおおはし》を渡れば、江戸に入ります」

中間の坂吉が大川に架けられた大橋を指さした。

「おう、そうか」

真之助は菅笠《すげがさ》の端を持ち上げ、大橋を渡った先の家並みを眺めた。

「夕方、陽が落ちる前までに、下屋敷に入りましょう」

供の坂吉の足は軽くなった。坂吉は旅行李《たびごうり》を背負い直した。

坂吉は父上のお供をして江戸へ何度も行っている。そのため、一度しか来ていない真之助よりも江戸の道に詳しい。

ともあれ、まず父上の御骨を受け取る。それから、下屋敷にいる知人や友人にあたって、それとなく父上が亡くなった事情を聴く。そのくらいは藩も許してくれるのではないのか。

真之助はそう思い直し、大橋に足を踏み出した。

三田の会津藩下屋敷に着いたのは、真っ赤に燃えた夕陽が江戸湾を染めるころだった。

真之助は取るものも取りあえず、新しく若年寄になったばかりの一乗寺昌輔にお目にかかり、出府《しゅっぷ》の挨拶をした。懐《ふところ》から筆頭家老一乗寺常勝の親書を取り出して手渡した。

「おう、ご苦労であった。兄上はお元気であろうな」

「はい。すこぶるお元気にございます」

「うむ。それはなにより」

一乗寺昌輔は満足気にうなずき、親書を開封して、さっと目を通した。それから、目を真之助に向けた。

「ところで、望月、よもやこの手紙、開封しておらぬだろうな」

「滅相もないことでござる。そのようなことは決して」

「うむ。おぬしが、そのようなことはしないと信じておるが、念のためだ」

一乗寺昌輔は書状を巻き戻し、懐に仕舞い込みながらいった。

「真之助、この度のお父上の牧之介の自裁、まことに気の毒であった。心からお悔やみ申す。気を落とすでないぞ。何か困ったことがあったら、なんでもそれがしに相談いたせ。よいな」

「はい、ありがとうございます」

真之助は昌輔の温情あふるる言葉に、思わず落涙した。

「お父上の御遺体はすでに茶毘《だび》に付し、われら所縁《ゆかり》の寺で丁重に密葬し、御遺骨は寺に納めてある。明日か明後日にでも誰かに案内させるから、寺に受け取りに上がればよかろう」

「何から何まで御世話になりまして、申し訳ございません」

真之助は恐縮した。

「亡くなられた事情が事情だから、大っぴらに葬儀をするわけにはいかないので、寺はここからやや離れた郊外の妙心寺《みょうしんじ》だ。小さな山寺だが、由緒ある古刹だ。心配いたすな」

「ありがとうございます。父は藩に多大なるご迷惑をおかけしたのに、かくも大事に扱っていただき、感謝しておることでしょう」

「筆頭家老の兄上も申しておったと思うが、おぬしのお父上の犯した不祥事は、万が一にも公になると藩の名誉にかかわる一大事になる。御上の面目も丸潰れになる失態だ。そのことを重々考えて、おぬしもお父上の不祥事について、いっさい調べてはならぬぞ。分かっておるな」

「はい」

真之助は神妙にうなずいた。一乗寺昌輔は小声でいった。

「藩の中には、その不祥事を使って、藩政を牛耳《ぎゅうじ》ろうとする輩《やから》もいないではない。兄上も、そのことを恐れて、おぬしに不祥事には一切触れないようにと申しつけたと思う。おぬしはいずれ、兄上の娘結が嫁ぐ相手だ。我が一乗寺家の身内だ。だから、兄上は他の執政たちの反対を押し切って、御上にお願いし、一度下された望月家の取り潰しを取り消し、上士の身分はそのままにした。しかし、そうした処分を下した執政の立場もあるので、拝領屋敷は召し上げて、家禄は半分にするという処分にして、ほかの執政たちの不満をなんとか収めた。そのこと、重々承知しておるだろうな」

「はい。一乗寺常勝様の温情を裏切るような真似は致しませぬ」

「分かっておればよろしい」

一乗寺昌輔は精悍な顔に笑みを浮かべてうなずいた。

「道中、疲れたであろう。今夜は、ゆっくり風呂にでも浸かり、疲れや汗を流すがいい。下がっていいぞ」

「ありがたき幸せ。では、これにて下がらせていただきます」

真之助は一乗寺昌輔に頭を下げ、書院から退出した。廊下に出て、指定された部屋に戻りながら、父上が犯した不祥事とは何だったのか、調べるなといわれればいわれるほど、妙に気になって仕方がなかった。

七

「ここでは摺り足なんぞ、使えぬ。常に腰を据えて動き、打ち込むんだ」

師範代の武田広之進が大声でいった。

龍之介は木剣を構え、岩や石がごろごろしている大地を飛び跳ね回り、横木の丸太に打ち込んだ。ビシッという丸太が折れる音が響いた。

「よし。ようやくしっかり折れるようになったな」

武田は笑いながら、すぐに折れた丸太を取り除き、新しい丸太と取り換えた。

「これで、やっと飯炊き用の薪ができる。龍之介、もっと丸太をへし折らぬと、すぐに薪が足りなくなるぞ」

「はい」

龍之介は横木から四間ほど退き、木剣を八相に構え、気合いをかけた。

一気に横木に向かって走り出した。石ころだらけの斜面を飛び跳ねて、横木の前で躍り上がり、降りながら木剣を横木に振り下ろした。

ビシッという鈍い音が響いた。

すかさず、師範代の武田が折れた丸太を脇に放り投げ、新しい丸太に取り換える。

龍之介は残心し、また後方に飛び退き、横木との間を作る。

爽やかな風が吹き寄せた。磐梯山の山頂近くから噴煙が上がっている。強い硫黄《いおう》の臭いが漂ってくる。

磐梯山の四合目の天狗岩の陰に造った丸太小屋に寝泊まりしての修行は、すでに十日以上になっていた。毎朝、暗いうちに龍之介は叩き起こされ、師範代について磐梯山の岩や石だらけの斜面を駆け下りて、また駆け戻る。その繰り返しだ。

はじめは慣れぬ岩場や凸凹《でこぼこ》な斜面を走るので、何度も躓《つまず》き転んだり、滑り落ちたりしていたが、だんだんと、体を崩さず、飛び跳ねることが出来るようになった。

途中のごつごつした岩だらけの賽の河原で、突然の組み太刀の稽古をする。足場が悪いので、龍之介は、すぐには師範代の動きに対応出来ず、体を崩し、足を踏み外して、師範代の竹刀で激しく叩かれた。だが、毎日、何度も岩場やガレ場で組み太刀稽古を重ねるうちに、足場の悪さにも慣れ、体を崩さずに応戦出来るようになった。

そして、毎日、最後には、飯盛山でもやっていた打ち込み稽古を行なうのだ。

「おう、やっておるな」

いつの間にか、天狗老師が岩の上に立って、龍之介を見下ろしていた。老師は杖を岩の上に突いている。まるで本物の仙人のようだった。

天狗老師はひらりと地面に降り立った。

「師範代、どうだ、龍之介の具合は？」

天狗老師は龍之介をじろりと見ながら訊いた。

「だいぶ、身のこなしがよくなってきたと思います」

「さようか。どれ」

天狗老師は龍之介に向き直った。

「杖《じょう》を持て」

天狗老師は師範代に目配せした。師範代の武田は杖を龍之介に手渡した。

「今日は杖の使い方を教えよう。日新館道場でも、杖は習ったな」

「はい」

習ったといっても、杖術の基本技である打ち込みや突き打ちなどを稽古しただけだ。だから、自信はない。

「ここで教えるのは、道場で習う形や打ち込み方ではない。野山での杖術だ。さあ、わしに付いて参れ」

天狗老師はいきなり、杖を地に突くと宙に飛び上がった。そして、近くの岩の上に飛び移って立った。

龍之介は杖を手にしたまま、きょとんとした。

「何をしておる?」

天狗老師は一喝した。師範代が龍之介の傍《そば》に寄った。

「杖は戦うための武器にあらず、五本目の肢《あし》だと思え」

師範代はそういうなり、龍之介の手から杖を奪い、とんと地面を突いた。その反動を使い、宙に飛んだ。天狗老師の立っていた岩の隣の岩の上に立った。

「龍之介、そうだ。師範代のようにやってみろ」

師範代が杖を龍之介に放った。龍之介は杖をはっしと受け取った。

龍之介は思い出した。子ども時代の遊びで、竹の棒を使って柵を飛び越えたことがあった。よし、あの要領でやってみよう。

龍之介は杖の先を地面にあて、軀を杖に預けて、宙に飛ぼうとした。一応、軀は浮いたものの、杖に乗って近くの岩の上に飛び移ることが出来ただけだった。

天狗老師と師範代が地面に飛び降りた。

「違う。杖で地面を突く。それをきっかけにして飛ぶんだ。このように」

天狗老師は、杖をとんと突き、その場で軽やかに上方に飛び上がり、くるりと回転して立った。

「そう。老師がやったように、やるんだ」

今度は師範代が杖をとんと突いて飛び上がり、その場でくるりと前方回転して見せた。

龍之介も杖を地面にとんと突き、その弾みでぴょんと飛ぼうとした。だが、せいぜい、一尺《しゃく》も軀が上がらない。

「なにくそ」

龍之介は、何度も杖を突いては飛び上がろうとしたが、簡単には上がらなかった。

天狗老師と師範代は顔を見合わせて笑った。

「最初は、誰もそんなものだ。一生懸命稽古すれば、すぐに慣れる。そのうち、五尺も十尺も飛び上がることができるようになる」

天狗老師は笑いながらいった。

「龍之介、今度からは、荒れ地を走る時も、杖を意識しろ。杖があると思って飛ぶのだ」

「はい。しかし、杖がないのに、杖を意識するとは、どういうことですか？」

龍之介は戸惑って訊いた。師範代はいった。

「杖を突くのは、その反動を利用するためではない。一瞬の間を取るためだ。飛ぶ間を摑んで飛ぶ。あとは実践あるのみだ。軀で覚えるしかない」

天狗老師は真っ白な顎鬚を撫でた。

「そうだな。猫の体捌きを思え。猫は高みにも、楽々と駆け上る。ちょっとしたきっかけを摑み、宙に飛ぶ。下に飛び降りるにしても、どんな体勢になっても、くるりと回転し、地上に四つ足で安全に着地する。そうだ、猫になれ」

「はあ？　猫になるのですか？」

龍之介は近所の飼い猫を思った。猫になれといっても、どう猫になるのだ？　無理だ、と思った。

「ははは。例《たと》えだ。猫になれ、というのは、猫のようなしなやかさを持てということだ。猫のような敏捷さを持てということだ」

「そうでございましょうな。それがし、人でござる。猫になれといわれても、とても無理だと思いました」

龍之介はほっとして笑った。

天狗老師はうなずいた。

「だが、心は猫になれる。山野を飛び回る時、猫になったつもりで飛び、走るのだ。それが上達の心得になる。いいな」

「はい」

龍之介は分かったような分からないような中途半端な気持ちで返事をした。

師範代の武田がいった。

「龍之介、猫は猫でも、山猫か虎《とら》になったつもりになれ。山猫や虎になって、岩から岩を飛び、崖を登り降りするんだ」

「はい」

龍之介は、そう答えたものの、山猫なんぞ見たことがない。まして虎なんぞ屛風《びょうぶ》に描かれた山水画でしか見たことがない。

「先生方、飯が炊けたんべな」

丸太小屋から、猟師の熊平《くまへい》の声が響いた。熊平は、師範代の武田があらかじめ飯炊きとして雇った地元の猟師だった。

「もう、そんな時間か」

天狗老師は、あたりを見回した。

気が付けば、太陽はだいぶ西に傾いていた。山は日が暮れるのも早い。

龍之介は、山小屋の方角から流れてくる飯の匂いに、腹の虫がぐうと鳴くのを覚えた。焚火で焼く鳥の肉の匂いも食欲をそそる。

「龍之介、飯を食う前に、打ち込み、あと百回だ」

師範代が命じた。

「はい」

龍之介は空腹を我慢し、元気な声を上げた。

木剣を構え、横木に向かう。気合いをかけ、遮二無二《しゃにむに》打ち込みを始めた。

天狗老師は腕組みをし、龍之介の打ち込む様子をじっと見守っていた。

横木の丸太がへし折れる度に、師範代が折れた丸太を除き、新しい丸太に取り替える。たちまち、折れた丸太が積みあがっていく。

「よおし。百本だ」

師範代が声を上げた。

龍之介が打ち込み百本を終えた時、傍らには焚火用の薪が山となっていた。

八

「真之助、しばらくだったな」

田島孝介《たじまこうすけ》は小料理屋の座敷に座ると、間仕切りの屏風の陰に誰もいないのを確かめてから真之助にいった。

座敷に案内した仲居が親し気に田島にいった。

「いつものですね」

「ああ、いつものを頼む。つまみも適当に見繕ってくれ」

仲居は愛想よくうなずいた。

「はいはい。少々お待ちを」

仲居が笑顔で立ち去ると、田島は真之助に向き、小声でいった。

「真之助、お父上のこと、気の毒に思う。おれに何かできることはあるか?」

田島孝介は幼馴染みで、同じ什で暮らした仲間だった。日新館道場でも剣道の席次を競い合った友の一人だ。同じ什の仲間は誰よりも信頼出来る。

真之助は、率直にいった。

「おぬしに訊きたいことがある。おぬしに迷惑がかかるかも知れない。もし、そう思ったら、いってくれ」

「迷惑がかかる？　いったい、何の話だ？」

田島は訝《いぶか》しげにいった。真之助は腕組みをした。

「それがしの父牧之介が、なぜ、腹を切ったのか、解せないのだ。一体、何があったのか、おぬし、知らぬか？」

「やはり、そのことか」

田島はため息をついた。

「何か知っておるのだな」

「知るも知らないも、その話はやたらにするなと厳禁されている。だから、正直いって、おれたちも事件のことは、噂程度しか知らないんだ」

仲居が銚子やつまみの小皿を盆に載せて運んで来た。

「お待ちどおさま」

仲居は真之助と孝介の前の食卓に銚子や皿を置いた。

「孝介様、今夜はいつになくおとなしいですね」

「ははは。そんな夜もあろうというものだ。友遠方より来《きた》る。また楽しからずやだ」

田島は銚子を取り上げ、真之助の 盃《さかずき》 に酒を注いだ。

「どうぞ、ごゆるりと」

仲居は艶《つや》のある笑みを田島に残して、引き揚げて行った。

田島は盃を掲げた。

「おぬしのお父上に献杯《けんぱい》」

「うむ。献杯」

真之助も盃を掲げ、二人は牧之介の御霊《みたま》に捧げた。

田島は盃の酒をくいっと飲むと、また銚子の酒を真之助と、自分の盃に注いだ。

「おまえは什の仲間だ。正直にいう。もし、お父上が切腹なさったとしても、お父上は自分の失策の責任を取って切腹なさったのではない。おそらく上の連中への抗議の切腹だ。おれはそう思っておる」

「父上は不祥事を起こしたのではない、上役への抗議だというのか？」

「そうだ。不祥事を起こすのは、たいてい上の連中だ。その後始末をさせられるのは、我々下っ端だ。何があったか分からぬが、上役をお父上が諫《いさ》めようとなさったのか、あるいは、逆に、上役が不祥事の責任をお父上に押し付けて詰め腹を切らされたか」

「どういうことなんだ？」

真之助は訝った。田島は頭を振った。

「それがしは役目柄、藩の要路たちの身の回りなどをお世話し、いろいろと見聞きしていくうちに、藩内には大きな派閥の抗争があるのが分かってきた」

「派閥というのは？」

「一乗寺派と北原派だ」

田島は声をひそめていった。

「どういうことで、北原派と一乗寺派は対立しておるのだ？」

「藩の財政をめぐってだ。北原派は保守派で健全財政を標榜《ひょうぼう》している。新田開発に力を入れ、農業や林業を盛んにして藩の財政を立て直そうとしている。それに対して一乗寺派の家老たちは、養蚕業《ようさんぎょう》など物産に力を入れ、商業や交易を盛んにして、藩の財政を豊かにしようとしている」

「どちらも、藩財政の立て直しに必要なのではないか」

「そうなんだ。だが、それらを誰が主導するのか、で権力争いが起こっているんだ」

「なぜ、権力争いになる？」

「どれにも、利権が絡んでいるからだ」

利権か。

真之助は、日新館の論語の先生から、政治には利権が付き物だという話を聞いていた。利権で政治が動けば、国が亡びるとも。だから、君子は常に道理に基いて政治を行なわねばならない、とも。

「父上は、いったい、どちらの派だったのだ？」

「さあ、分からないが、御用所は若年寄支配にあるから、その密事頭取は、当然、若年寄のいうことを聞かねばならなかったろうな」

真之助は、前の若年寄が十家の出ではない、開明派の若手、小山幹朗《こやまみきろう》という上士だったのを思い出した。

「小山幹朗様は、どちらの派なのだ？」

「どちらでもない。そのため、小山様は有能といわれ、将来を嘱望されていたが、北原派と一乗寺派の板挟みにあい、軀を壊してしまわれた。そのため、小山様は辞任なさったが、これもおぬしのお父上同様、派閥抗争に巻き込まれたからだろう。権力闘争は、結局、一乗寺派が勝利し、若年寄は一乗寺常勝様の弟昌輔様に決まった。これで、一乗寺家は万々歳だ。藩政の中枢を握ったからな」

田島は、待てという仕草をした。

「いらっしゃいませ。何人様ですか？」

仲居の声が上がった。小料理屋の戸が開き、数人の侍が入って来た。

田島はじろりと侍たちを見た。真之助がきいた。

「会津者か」

「いや、違う。他藩の者だ」

仲居が応対していた。初めての客らしい。

「奥が空いてますが」

「いや、そこでいい。あまり長居はせぬ」

侍の一人は真之助たちの隣の座敷を指差した。

「はい。では、どうぞ」

仲居は侍たちを間仕切りの屛風で仕切られた部屋に案内した。侍たちは四人。揃いの黒い羽織を着ている。四人はじろりと真之助と田島に目をやったが、すぐに目を逸らした。四人は食卓の回りに座り、ひそひそ話を始めた。

間仕切りの屛風越しなので、声は聞こえるものの何を話しているのかは分からない。

だが、上役に対する不平不満らしい。

「いらっしゃいませ。何になさいますか」

やがて仲居が現われ、注文を取りはじめた。

「下《くだ》り酒のうまいやつを頼む」

「穴子の白焼きも四人前だ」

「今夜は、こいつの昇任祝いだ。女将《おかみ》、よろしう頼む」

「はいはい。ご昇任おめでとうございます」

仲居が御愛想をいった。

田島は安堵したかのように、小声で話した。

「それで、何の話だったか」

「父上が、いつ、どこで、どう亡くなったのか、介錯人は誰だったのか、などが知りたいのだ」

「なるほど。そのくらいなら、教えてくれるんじゃないかな」

「本当は、それがしが直接に誰かに訊きたいのだが、調べてはならぬと、堅くいわれているのだ」

「どうしてだろうな」

「分からぬ。その事情も分かったらありがたいのだが」

「よし、それとなく、それがしが調べてみよう」

「ところで、父上の遺体は荼毘に付されて密葬されたと聞いた。誰が遺族のそれがしたちに代わって密葬してくれたのかも知りたい。ぜひ、お礼をいいたいのだ」

「寺はどこだといわれた?」

「郊外の妙心寺だといわれた」

「聞かない名の寺だな」

「そうかな。一乗寺昌輔殿は、会津藩に所縁のある古刹だといっていたが」

「ふうむ。で、御遺骨は、いつ受け取りに寺に行くのだ?」

「昌輔殿が案内人を出してくれるといっていたが、まだ案内人が来ない。明日にでも、昌輔殿にお願いしようと思う」

「そうか。そんな急ぐこともないな。その間に、それがしが調べてやろう。待っておれ」

　仲居がにこにこ笑いながらやって来た。お銚子を何本も立てた盆を持っていた。

「田島様、お銚子の御替わりはいかがですか?」

「おお、お美世《みよ》、よく気付いたな」

　田島は空になったお銚子を摘まみ上げて振った。

「友、遠方より来るでございましょう?」

　美世と呼ばれた仲居はにこやかに笑い、お銚子を四本、卓の上に並べた。

だ。

「お、隣の侍たちは？」

　隣にいた侍たちの姿がない。仲居は銚子を持ち上げ、田島と真之助の盃に酒を注いだ。

「もうお帰りになられましたよ」

「もしかして、その四本のお銚子は」

「はいはい。あの方々が置いていかれたお酒です。自分たちは飲む暇がなかったので、代わりにおふたりに飲んでほしいとのことでした」

「それはありがたい。それにしても、彼らろくに祝い酒も飲んでおらんな。えらく早いな」

「さっきお迎えの方がお出《い》でになられ、何か上司の方からの急な呼び出しがあったとか」

「上司の呼び出しか。宮仕えは辛いものだな」

　田島がぼやいた。仲居が真之助の盃に酒を注いだ。

「あやつら、どちらの御家中かな」

「さあ。初めて見る人たちでしたから。でも、お銚子の酒、もったいないから、あの人たちの代わりに私たちで飲んであげましょう」

仲居は屈託のない笑顔でいった。

「そうだな。お美世、おぬしも飲め」

田島は盃を空にし、お美世に差し出した。お美世は両手で盃を受け取った。

「真之助、こやつ可愛いだろう?」

田島はにやけた顔で銚子の酒をお美世の盃に注いだ。

「うむ」

真之助も笑いながら、うなずいた。お美世は盃をあおるようにして酒を飲んだ。

「まあ。おふたりこそ、可愛いです」

「では、それがしの盃を受けてくれぬか」

真之助が盃を空にしてお美世に渡した。

「ありがたく頂戴いたします」

お美世は真之助の盃を受け取った。真之助が銚子を傾け、お美世の盃に注いだ。

「いただきます」

お美世は、その盃も空けた。

「いい飲みっぷりだな」

真之助は感心した。お美世は笑った。

「なにか、お二人と私の固めの盃みたいですね」

田島も笑いながらいった。

「お美世、盃ではだめだ。ぐい呑みを持って参れ」

「はいはい。あなた。すぐに」

お美世は席を立ち、台所へと急ぎ足で去った。

「ところで、真之助、これは内緒だが、いま藩の執政たちは幕府の要請に対して、どうしようかと大騒ぎをしているんだ」

「どういうことなのだ？」

「我が藩に薩摩藩と仲良くして、将来に備えてくれ、というのだ」

「なぜ、薩摩と仲良くしろ、というのだ？」

「薩摩藩は、幕府と宮中との間を取り持とうと、暗躍しているそうなのだ。薩摩の意図は何なのか、会津も人を出して探れといってきているらしい」

真之助は怪訝な顔をした。

真之助は、田島がなぜ、そんなことを突然言い出したのか、理解に苦しんだ。

「飲んでいるうちに、ふと思い出したのだ。もしかして、おぬしのお父上は、薩摩と付き合いがあったのではないか、とな」

「どうして、薩摩と」

「これだよ、これ」

田島は鉄砲を構える仕草をした。

薩摩と鉄砲？

いったい、何のことだ？

真之助は狐につままれたような思いで、田島を見た。

「はいはい。お待ちどおさま」

お美世が盆にぐい呑みを載せて急ぎ足でやって来た。

「今の話は、また後で」

田島はにやりと笑った。

「さあ。おふたりさん、今夜は飲みましょう。私もお付き合いします」

お美世はぐい呑みを田島と真之助に手渡し、お銚子の酒をまず自分のぐい呑みに注いだ。それから田島と真之助のぐい呑みになみなみと酒を注いだ。

「さあ、飲みましょう飲みましょう」

お美世に促され、真之助はぐい呑みの酒をあおった。熱い刺激が喉元を降りていく。

田島も、お美世と顔を見合わせて、ぐい呑みの酒を飲み干した。

真之助は、田島とお美世はいい仲なのだな、と酔いが回った頭で考えていた。

それにしても、と真之助は思った。

薩摩と鉄砲、そして父牧之介が、どういう関係にあったのか、と思うのだった。

九

磐梯山の中腹の賽の河原は、その名前の通り、冥土《めいど》の三途《さんず》の河原のように、岩や石だらけで、樹木や草もほとんど生《は》えていない。あたりからは、硫黄の臭いが漂ってくる。

龍之介はごつごつした岩や石の原を飛ぶようにして、天狗老師の後を追った。天狗老師は、杖を突きながら、ひらりひらりと蝶々が舞うように、岩原を走って行く。

龍之介がいくら追いかけても、立ち止まっては、ここまでおいでというように手で招く。龍之介は息が上がった。だが、休む暇はない。立ち止まって休もうものなら、背後から竹の棒が龍之介を襲って来る。師範代が、龍之介のすぐ背後に迫っていて、監視しているのだ。

「さあ、龍之介、打ちかかって参れ。遠慮せずに、打って参れ」

天狗老師は天狗のように小岩の上に立ち、両手を広げた。龍之介に隙だらけの姿を見せつける。

なにくそ、と龍之介は手にした杖を振るい、天狗老師を打とうとするのだが、天狗老師は、龍之介の動きを見透かしたように、身軽に身を躱《かわ》し、隣の小岩に飛び移る。

「もう一息だ」

天狗老師は大声で龍之介を励ました。賽の河原での追いかけっこは、ここ数日、毎日の日課のようになっていた。はじめは、岩から岩に飛び移る時に、何度も足を滑らせて、尻餅をついたり、腰を打ったりしたが、いまでは、ほとんど転ばなくなった。不思議なことだが、どんな体勢になっても、体を崩さず飛び跳ねることが出来るようになっていた。

それでも、天狗老師に追いつき、杖を打ち込むことが出来ない。

「龍之介、おぬしが打ち込んで来ぬなら、わしが打ち込むぞ」

「はい。お願いします」

龍之介は少しばかりやけっぱちになっていった。

「それ」

いきなり、天狗老師は大岩に跳び上がると、杖を延ばし、龍之介に打ち下した。

龍之介は咄嗟《とっさ》に隣の小岩に飛び移って杖を避けた。飛び移りながら、龍之介は無意識のうちに軀が動くのを覚えた。

「それえ」

続いて、天狗老師の杖が横払いで龍之介を襲う。

龍之介は、はっとして飛び退き、杖の長さ以上の間合いを取った。

「そうだ。その調子だ」

天狗老師はうれしそうに笑い、龍之介を追って岩から岩へと飛び移る。

龍之介も、天狗老師の動きに合わせ、間合いを詰められないように、岩から岩へと飛び移った。飛び移りながら、龍之介は、いつの間に、こんなことが出来るようになったのか、我ながら感心した。

「だいぶ、こつを覚えたようだな。よろしいよろしい」

天狗老師は、自分のことのように喜んだ。

天狗老師は大きな岩の上に跳び上がると、腰を下ろした。

「師範代、わしは歳だ。少し疲れた。わしに代わって、龍之介の相手をしてみよ」

「はい。師匠様」

師範代は笑みを浮かべ、龍之介の前の岩の上に立った。

「龍之介、今度はそれがしが相手をいたす。本気で打ちかかって来い」

「はい」

龍之介は己れ自身に気合いを入れた。杖を両手で持ち、師範代の打突に備えた。

すかさず、師範代の軀が飛び、同時に龍之介を杖が襲って来る。

龍之介は師範代の軀が飛ぶのに合わせて飛びながら、杖で師範代の杖を受けた。びしりと杖を握る手が痺れる。龍之介は飛び退いて、間合いを作ろうとした。

だが、師範代は龍之介の飛び退くのを許さなかった。師範代は龍之介が飛ぶ先々を読んだかのように飛び回る。龍之介は必死に師範代の打ち込みを打ち払ったり、受け流しては、次の岩を探した。

「龍之介、逃げてばかりいてはだめだ。逃げずに打ち返せ。攻めには攻めで返す」

天狗老師の声が飛んだ。

龍之介は、その声にはっとして、飛ぶのを止めた。すかさず師範代の杖が正面から振り下ろされた。龍之介は両手で持った杖で受け止めた。同時に、その場に踏み止まり、受けた杖で師範代の軀に突きを入れた。

師範代はぱっと飛び退いた。龍之介は逃さず、師範代を追って岩から岩へと飛び移り、師範代に杖を打ち込んだ。

師範代も両手で杖を持って、龍之介の打ち込みを受けた。一瞬、龍之介は己れの全体重を乗せて打ち込んだ。師範代の手の杖がビシッと音を立ててへし折れた。師範代は思わず二つになった杖を手に飛び退いた。

「参った」

師範代が笑いながらいった。

「よし。それでいい。見事だ、龍之介」

天狗老師は手を打った。師範代は折れた杖を左右の手で持ちながら、大きくうなずいた。

「先生、申し訳ありません」

龍之介は師範代に謝った。手加減しなければ、うっかりして師範代に杖を打ち下ろしていたかも知れなかった。

「馬鹿者、何を謝る？　それがしがおまえの打突を避けられないとでも思ったか？」

師範代の武田は苦笑いしながらいった。

「いえ、そういうことではありませんが」

龍之介は頭を掻いた。

「龍之介、師範代は、そうは申したが、ひやりとしておったぞ。のう、師範代」

天狗老師が笑った。

「はい。正直いって、危ないところでした」

武田も頭を掻いた。

「龍之介、この一ヵ月で、よくぞ、ここまで上達したな。それがしもうれしいぞ」

「はい。ありがとうございます」

龍之介は、礼をいいながら、まだ、それほど上達したとは思えず、内心ではまだまだと思うのだった。

「師範代、あれは?」

天狗老師は、岩の上に立ち上がり、手をかざした。

龍之介も天狗老師の視線を追った。

麓《ふもと》の飯盛山山頂から一筋の狼煙《のろし》が上っていた。

「何か至急の知らせですな」

「師範代、誰か使いを出して、何の知らせか、聞いて参れ」

龍之介が手を挙げた。

「それがしが、麓まで行って参りましょう」

「そうか。いいだろう。これも修行だ。麓まで下りて、何事かを聞き、こちらに戻って参れ」

「はい。直ちに」

龍之介は、杖を手に、賽の河原を飛び跳ねるようにして、駆けはじめた。

ふと胸騒ぎがしてならなかった。磐梯山に籠もって夢中で修行しているうちに、一ヵ月も経っていることに気付き、ふと兄上真之助のことが気になってならなかった。

もう今頃は、兄上は江戸から遺骨を会津若松城下に持ち帰っているころだった。遺骨を受け取ったら、すぐに戻るといっていたから、どんなにおそくても、実家に戻っているはずだ。

だが、この胸騒ぎはいったい何なのだろう、と龍之介は走りながら思った。父上が亡くなった時も、同じような胸騒ぎに襲われた。また、何か良からぬことが起こったのではないか。そう思うと、龍之介の足はさらに速くなるのだった。

十

狼煙は飯盛山の山頂から上がっていた。

龍之介が狼煙の元に駆け付けると、正宗寺の住職と小僧、それから、小野権之助の姿があった。

小野権之助は、龍之介を見ると、泣きそうな顔になった。

「龍之介」

権之助は、言葉が出なかった。和尚と小僧は、低い声で読経していた。

龍之介は息を整えた。何があっても動揺しない、と覚悟を決めた。

「権之助、どうしたというのだ？　悪い知らせか」

「うむ。残念だが、一刻も早く、おぬしに知らせねばならないと思って、ここ数日、おぬしの行方を捜していた。ふと思い当たって、もしや、おぬしは、天狗のもとで修行しているのではないか、と思い、和尚に相談したら、緊急の時には、狼煙を上げることになっていると聞いた」

権之助は言い出しにくそうだった。

「権之助、何があったのだ？　それがしは平気だ。いってくれ」

「おぬしの兄上の真之助様が死んだ」

「なんだと。悪い冗談はよせ」

龍之介は、権之助を睨んだ。だが、権之助は真顔だった。

「三日前に江戸から早馬が来た。その知らせによると、三田の下屋敷にて、真之助様、突然乱心し、若年寄の一乗寺昌輔様に斬りかかった。そのため、護衛の側近たちが応戦、斬り合いになり、真之助様は斬死した、とのことだった」

「そんな馬鹿な。兄上に限って、乱心するはずがない。まして、斬り合いになっても、斬死するはずがない。兄上は日新館道場でも、席次が常に十番以内にいたほどの腕前だった」

龍之介は、兄上の真之助が死ぬはずがない、と何度も心の中で叫んでいた。

兄上が死んだ？

もし、それが本当なら、これから、望月家はどうなるのか？　自分がしっかりしなければ、誰が望月家を支える柱になるというのか。

龍之介は、一瞬、目眩を覚えた。目の前が真っ暗になった。膝から力が抜けた。

「おい、龍之介、しっかりしろ」

権之助の声が遠くで聞こえた。誰かが軀を抱えてくれるのを感じた。

しっかりせねば。母上や姉上を支えるのは、己れしかいない。

龍之介は気を取り直した。権之助の顔が目の前にあった。

「大丈夫だ。大丈夫だ」

龍之介はうわ言のように呟き、己れ自身を励ました。

「いったい、何があったのだ?」

「知らせは、それだけだ」

龍之介は何度も深呼吸をして落ち着こうとした。

「相手の一乗寺昌輔様は、御無事だった。無傷だそうだ」

「そうか。一乗寺様は無事で良かった」

龍之介は呻くようにいった。

「その代わり、止めようとした小姓組の供侍が三人死傷したそうだ。一人が斬死、二人が重軽傷を負ったそうだ」

「兄上は、いったい、どうしたというのだろう?」

これまで、兄上が乱心したことなどない。

まして、一乗寺昌輔様に斬り付けるなんぞ、狂気の沙汰ではないか。

「龍之介、一刻も早く自宅に戻れ。母上たちが悲しんでおるぞ。いま明仁や九三郎たちが付き添っているが、おぬしが帰るのを待ちわびている」

龍之介はようやく膝の震えが収まり、しっかりと両足で立つことが出来た。

「戻って天狗老師や師範代に、知らせねばならない」

「龍之介、おまえも律儀なやつだな。それがしが、おぬしに代わって知らせよう」

「いやいい。これも修行のうちだ。それがしが、自分で知らせに戻る。母上や姉上には、いましばし、待てと伝えてくれ。すぐに戻るからと」

「龍之介」

権之助は呆れた顔になった。

「御免」

龍之介は、それだけいうと、飯盛山の裏手の森に走り込んだ。

無我夢中で森の中の小道を走った。急斜面の獣道も飛ぶように駆ける。

龍之介は走りながら、声を殺して泣いた。父上も兄上も、どうして、それがしを置いて先に逝ってしまうのか。

「馬鹿野郎！　馬鹿野郎！」

龍之介は磐梯山の急斜面を駆け登りながら、必死に怒鳴っていた。龍之介の怒声は山に谺した。磐梯山の山麓に吹き寄せる風が、優しく龍之介の荒れた心を宥《なだ》めていた。

第四章　屈辱と悲嘆の彼方

一

「上意。別に沙汰あるまで、望月龍之介以下望月一門に対し、閉門蟄居《へいもんちっきょ》を申し付ける」

使いの上士は「下」と表書きされた封書を高々と掲げて、龍之介たちに言い渡した。

平伏した龍之介は、ひたすら恭順の態度を示し、そのまま平伏を続けた。

「……以上、その方に確《しか》と申し渡したぞ」

「畏《おそ》れながら、御上意、確と頂きました」

龍之介は一家を代表して、上意を恭《うやうや》しく受け取った。龍之介の後ろに控えた母理恵や姉の加世も、平伏したまま身動《みじろ》ぎもしないでいた。

「うむ」

使いの上士は口をへの字に結び、威厳を保ったまま、袴の裾をさっと翻《ひるがえ》し、座敷から出て行った。後ろに控えていた供侍たちが、ぞろぞろと後に続いた。

使いの一行が家から出て行く気配が消えた後、龍之介はようやく顔を上げた。それを合図に、母、姉、祖母も顔を上げた。

龍之介は腕組みをし、目を瞑《つむ》った。

父牧之介についで、兄真之助も失い、いまは龍之介が望月家を代表する家長の座にある。その責任の重さを龍之介はひしひしと感じていた。その最初の仕事が、閉門蟄居して謹慎することとは。

龍之介は深いため息をついた。

これから、望月家はいったい、どうなるというのか？　別の沙汰があるまで、と使いの侍はいったが、おそらく望月家の取り潰しは免《まぬが》れないだろう。前回は、筆頭家老一乗寺常勝の温情ある措置で、望月家は存続が認められた。

兄真之助は、その恩ある一乗寺常勝の弟昌輔に斬りかかったのだ。今度は、ただでは済まないだろう。どんな処分が出るか、考えるだけでも恐ろしい。

兄真之助も、父上が亡くなったと知らされた時、こんな重い責任や、それに伴っての今後のことへの不安や恐れを抱いていたのだろうか。そう思うと、龍之介は子どもだった己れが、いかに兄や母たちから守られていたことか、ひしひしと思い至らされるのだった。

祖母のおことが不安そうな顔でいった。

「龍之介、今後のこと、分家の文之介《ふみのすけ》に相談してはどうかね」

「いえ、祖母上、叔父上は佐多《さた》家の家長です。我が家の不祥事に、叔父上を巻き込むことになっては、佐多家にとっては大迷惑でございましょう。それがしが、なんとか対処いたします」

「そうかねえ」

祖母はまだ口を出したそうだった。

父牧之介には、三歳年下の弟文之介がいる。牧之介が望月家の当主を継ぐことになったため、次男の文之介は佐多家に婿養子に出た。いまでは佐多家の当主となっている。佐多家は代々右筆《ゆうひつ》を職としており、漢籍が好きな文之介にとっては打って付けの家柄だった。家格は中士《ちゅうし》だが、右筆という役目もあって、石高は百二十石だった。

母の理恵が毅然としていった。

「お義母さま、大丈夫です。龍之介はもう立派な大人の男《おのこ》でございます。真之助亡き後、兄の後を継いで望月家の長となり、望月家の一族郎党を率いていってくれると信じています。ですから……」

　母は龍之介に向き直った。

「相談事をして他人に迷惑をかけるようなことはせず、何でもあなたが判断して、お決めなさい。それが家長の役目です」

「はい。分かりました。母上」

「あなたならできます。お父様の息子なのですから。お父様も真之助も何か訳があってのこと。二人は決して間違ったことはしていません。私はそう固く信じています。だから、あなたも失敗を恐れず、他人から何をいわれようとも、自ら信じる道を、堂々と胸を張って歩んでください」

　母は目を潤ませながら、龍之介を励ました。

　龍之介は大きくうなずいた。

　姉の加世は、笑みを浮かべながらいった。

「お父様がきっと天から見守ってくださっています。きっとお兄様も。だから、しっかりして」

「分かった。姉上も心配しないで」

龍之介は背中を伸ばし、胸を張った。

玄関先から釘を打ち付ける金槌の音が座敷に伝わって来た。形ばかりの簡素な武者門だが、閉門の処分が出ているという見せしめに、太い竹を交差させて打ち付け、出入り不可の印としているのだ。

「若様」

座敷の出入口に若党の長谷忠ヱ門《はせちゆうえもん》が座っていた。

「お、忠ヱ門殿」

「この度は、真之助様がお亡くなりになられたとのこと、まことに残念……」

忠ヱ門は声を詰まらせた。

「忠ヱ門殿、どうぞ、中へお入りくだされ」

龍之介は長谷忠ヱ門を手招きした。

長谷忠ヱ門は祖父玄馬《げんま》の時代から、当主三代にわたって、武家奉公人の若党として仕えている。今度龍之介が当主になれば、引き続き、望月家の若党を勤めさせていただきたい、といわれていた。若党という割には、決して若くはないが、およそ六十代後半、いまもきびきびした身のこなしで働いている。若党は、望月家で働く、すべての武家奉公人たちを束ねる立場にある。

長谷忠ヱ門は、余計な話はせず、無口で物静かなサムライだった。生まれも育ちも会津若松だったが、父親も武家奉公人で、身分が低く、足軽よりも下の雑兵《ぞうひょう》だった。そのため、子どもの忠ヱ門は日新館に通えなかった。

だが、両親は子どもの忠ヱ門を寺子屋に通わせ、読み書きを覚えさせた。漢籍も独学で学んだらしい。サムライとしても学識教養がある武士だった。

忠ヱ門は瘦身で手足が長く、聞くところによると、親に習った居合いを遣うということだったが、龍之介は一度も忠ヱ門が居合いを遣うところを見たことがない。

子どものころ、忠ヱ門にせがんで、居合いを見せてほしいと懇願したが、忠ヱ門から「居合いは見世物にあらず」と厳しく断られた。「居合いを見せる時は、己れも死ぬ時にござる」と龍之介に笑った。

兄の真之助は、偶然に忠ヱ門が裏山の人気《ひとけ》のない竹林の中で、居合いの稽古をしているのを覗き見たことがあると自慢していた。兄の話には誇張もあったろうが、気をためた忠ヱ門が一瞬のうちに刀を抜き、前後左右の竹を斬り、またゆっくりと刀を腰の鞘に納めたという。

その後、忠ヱ門は真之助が覗き見していたことを知っていたといい、二度とそういうことはなさらぬように、と注意したといっていた。

「忠ヱ門殿、どうぞ中へ。お話もあるので」

龍之介は忠ヱ門にいった。忠ヱ門は、一瞬躊躇《ためら》ったものの、うなずき、座敷の中に膝を進めた。

「龍之介、あなたはそこに」

母は龍之介に、先程まで城の使いが座っていた床の間を背にした上座を指した。

龍之介は立ち上がり、床の間を背にして座った。

忠ヱ門は祖母上、母上、姉上に挨拶し、龍之介の前に正座した。

「この度は申し訳ございません」

「忠ヱ門殿が、どうして謝《あやま》るのですか？」

「それがしが、若旦那様に無理にでも付き添って江戸にご一緒していたら、殺《あや》められることはなかったのではないか、と。そうしなかった己れの至らなさを深く後悔しております。申し訳ありません」

「兄上が亡くなったのは、忠ヱ門殿がいても同じだったかも知れませぬ。忠ヱ門殿が責任を感じることはありませぬ」

「若様、お願いがございます。それがし、若旦那様をお守りできませんでしたが、引き続き、若様の下《もと》、若党を勤めさせていただけませんでしょうか」

「しかし、忠ヱ門殿、この度の処分は、さらに厳しいものになりましょう。おそらくお家断絶となり、屋敷はお返しし、忠ヱ門殿をはじめ、奉公人全員を解雇することになりましょう。我ら家族とて、一緒に居られぬようになるのではないかと覚悟しています」

「はい。分かっております。それがしは、大祖父《おお》玄馬様に武家奉公人に引き上げられた身、それ以来、望月家の家人同様にさせていただいて参りました。望月家は大恩あるご家族。それがしが終身お仕えすると決めた主《あるじ》にございます。たとえ、望月家が断絶したとしても、それがし若様とご家族にお仕えする所存にございます」

「しかし、おぬしに給金も禄も出せぬようになる」

「給金など頂くつもりはございません」

「そうはいかぬ。忠ヱ門殿には、ご家族がおろう」

「貧乏は覚悟の上。家族みんなで働けば、食べていけましょう。心配なのは、若様やご家族の皆様です。それがし、これまでお世話になった御礼に身を粉《こ》にして働き、御助けいたしたいと思っております」

「ありがたい。しかし……」

「それが、せめてもの、それがしの望月家への恩返しにございます。そして、若様が必ず望月家再興なさるのを、この目で見届けたいと思います。ぜひとも、引き続き、それがしを若党として御仕えさせてくださいませ」

龍之介は母と顔を見合わせた。母は微笑《ほほえ》んで、うなずいた。

「分かりました。では、しばらくの間、引き続き、我が家の若党をお願いいたします。その代わり、いつでも、よその武家に奉公なさっても文句はいいません」

「承知いたしました。ただし、お願いがひとつあります。それがしの名前は、忠ヱ門と呼び捨てになさってくだされ」

「しかし、忠ヱ門殿は目上の方ではござらぬか。それも、父上よりも年上では」

「ははは。歳は上ですが、あくまで、若様の臣下。臣下は呼び捨てして当然にござる。若様から、殿を付けられて呼ばれると、尻がむずがゆくなりますゆえ」

「分かりました。忠ヱ門と呼ぶことにします。その代わり、それがしを若様と呼ぶのはやめてくれませぬか」

「では、何と呼べば」

「それは、忠ヱ門が呼びやすい呼び方で呼んでくれればいい」

「若旦那様？」

「兄上をそう呼んでいましたね。それに、それがし、旦那と呼ばれるのもこそばゆい」

「では、様を取って、若、あるいは君を付けて、若君と呼ぶこととしましょう。若とか若君なら、それがしも呼びやすい。いかがでしょう」

「若？　若君？」

聞きようによっては、馬鹿、あるいは馬鹿君とも聞こえなくもない。おもしろい、と龍之介は思った。驕《おご》りそうになる自分を戒《いまし》める上でも、馬鹿とか馬鹿君と聞こえる呼び方は悪くない。

「いいでしょう。それでいい」

龍之介はうなずいた。長谷忠ヱ門は、あらためて龍之介に向いた。

「では、若、それがしに何かご指示を」

龍之介は腕組みをし、一息ついた。それから、ゆっくりといった。

「望月家断絶に備え、奉公人とその家族の身の振り方をあらかじめ話し合ってほしい。家にあるもので、古物商に売れそうな金目の物はないか、調べておいてくれ」

「かしこまりました」

「少しでも高く売り、奉公人たちへの退職の手当てにしたい」

龍之介は、すでに家の中が空っぽになることを覚悟していた。売れない物は売れない物としても、奉公人たちに分けるつもりだった。

文字通り、徒手空拳《としゅくうけん》になって出直す。死に物狂いになって、望月家の再興を期す。

落ちるところまで落ちれば、そこから下へ落ちることはない。

龍之介は心の中で、どんな処分が出ても、笑って受ける覚悟を決めた。

二

藩から望月家に下りた処分は、龍之介が覚悟していた通り、かなり厳しいものだった。

一つ。望月龍之介に対して、閉門および蟄居三ヵ月を命じる。

二つ。しかる後に、望月家は、次男龍之介に家督を継がせることなく、お家断絶を命じる。

三つ。望月家の上士の資格は剥奪す。以後は、上士でも中士でも下士でもなくなる。

四つ。拝領屋敷は没収。

五つ。これまでの家禄も没収。無禄とする。

六つ。さらに、望月家一門を藩領外に追放する。　以上。

龍之介は、ある程度は覚悟していたものの、あまりにも苛烈な処分に愕然とした。母の理恵や姉の加世も、藩の苛酷な処分に耳を疑った。だが、真之助が若年寄一乗寺昌輔に斬りかかったことの重大さを示す処分だと思い、龍之介たちは、じっと我慢するしかなかった。

漏れ伝わってくる噂では、家老会議でも、今回の処分に対し、かなり意見が分かれ、喧々囂々《けんけんごうごう》の議論が行なわれたということだった。

今回、厳しい処分を行なおうとしたのは、筆頭家老一乗寺常勝派の者たちだった。常勝は、弟の昌輔が危うく斬り殺されかけたことで、望月真之助に激怒した。あれほど目をかけていた望月真之助が、なぜ、弟の一乗寺昌輔に斬り付けたのか？　狂気の沙汰としか、考えられない、と。

龍之介は藩からの処分を受け、すぐに若党の長谷忠ヱ門に一族郎党全員を呼び集めさせた。

座敷に集まった一族郎党は厳しい処分に狼狽していた。

龍之介は、兄上真之助が犯した所業を詫び、その処分がみなにも波及したことに頭を下げて謝罪した。

望月家はお取り潰しになることを告げ、これまで長年にわたり、世話になったことに深く感謝するとともに、全員に解雇を申し渡した。

「うおおお」

「なんてことだ」

郎党や奉公人たちから悲痛な声が上がった。

「龍之介様、私たちも、ぜひ、お連れください」

「私たちは望月家の郎党。ほかの家に行くつもりはありません」

「どうか、私たちを見捨てないでください」

郎党や奉公人たちが口々に叫んだ。

龍之介は畳に手をついて頭を下げた。

「それがしの力不足のために、こんな事態になり、申し訳ない。どうか、許してほしい」

「若様の責任ではありません。我らも、何のお力になれず、申し訳ありません」

郎党頭が泣きじゃくりながらいった。

龍之介は重ねて謝罪した。

「まことに申し訳ない。みんな、それがしを恨んでほしい」

龍之介は誠心誠意、心から謝った。

「みんなは突然に職を失い、家も出なければならなくなり、これからどうしようか、と途方に暮れていよう。あまり生活の糧《かて》にはならないだろうが、我が家に残されている家財道具や金目の物すべてを、退職金代わりに、みんなに上げよう。みんなで分け合って持って行ってほしい」

「滅相もない。そんなことをしたら、望月家の方々は暮らしていけなくなる。なあ、みんな」

郎党頭が、みんなを見回した。

「お頭《かしら》、そんな綺麗ごとをいって、わしらは明日から何で食っていけというんですかい」

「そうですよ、頭。わしら一銭も貰えず、屋敷から放り出されたら、どう暮らしていけっていうんですか」

「そうだ、そうだ。あっしらも生きていかねばなんねえ」

「てめえら、そんなことをいって、望月家にどんなにお世話になったか、その御恩を忘れたってえのか」

「黙れ。何が恩義だい。これまで安い給金で、こきつかわれてきたんだ。一銭も貰えずに、ぽいっと捨てられて堪《たま》るかい。貰える物は貰おうじゃねえか」

「黙れ黙れ。この恩知らず。おまえなんぞ、恩ある望月家の奉公人じゃねえ。とっと出て行け。こいつには、何も渡すな」

「てやんでえ。てめえこそ、そんなことをいって、ごっそりと金目の物を持って行くつもりなんだろう。そうはさせんぞ」

怒号が起こった。あちらこちらで、摑み合いも始まった。

龍之介はじっと腕組みをし、目を瞑った。こうした事態は、すべて望月家に責任がある、と思った。もし、兄上の真之助が生きていたら、こうした事態に、どう対処したであろうか。

龍之介は、ふっと殺気を感じ、目を開いた。

「おい、みんな、貰える物は貰おうじゃないか。おれは遠慮しねえぜ」

一人の中間《ちゅうげん》が棒を振り上げながら、みんなに呼びかけていた。

殺気は、その中間からではない。龍之介の傍《かたわ》らに座っている若党の長谷忠ヱ門が気を膨らませていた。右手が腰の刀の柄《つか》に滑るように伸びた。

いかん、斬るつもりだ。

龍之介は忠ヱ門を止めようとした。

一瞬早く忠ヱ門は立て膝になった。同時に流れるような動きで右手が動き、刀が一閃した。瞬く暇もなく刀は中間の棒を斜めに斬り下ろし、静かに忠ヱ門の腰の鞘に戻された。

　忠ヱ門は刀の柄に手をかけたまま、片膝立ちになって残心した。

　怒声を上げていた中間は、手の棒が真っ二つに斬られ、何が起こったのか分からず、目を白黒させていた。騒いでいた者たちも、度胆《どぎも》を抜かれて黙った。

　忠ヱ門は残心を解き、元の正座姿勢になった。刀の柄にかけた手を膝に戻した。

「各々方《おのおのがた》、若君が居られる前で、なんたる醜態をさらしておる。文句がある者は、わしが聞く。一人ずつ、申せ」

　郎党は静まり返った。忠ヱ門は龍之介を振り向き、頭を下げていった。

「若君、これよりは、それがしたちが話を付けます。どうぞ、この場から御引き取り願います」

　龍之介は躊躇したが、忠ヱ門の頑《かたく》なそうな顔を見て頷いた。

「忠ヱ門殿、では、後を任せたぞ」

「お任せあれ」

　忠ヱ門はにやりと笑った。

「ただし、それがしに『殿』を付けないという約束もお忘れなく」

「うむ。分かった。ところで、いまの居合い、しかと見させてもらいました。お見事でした」

「…………」

忠ヱ門は何もいわず、頬をふっと崩したが、また元の仏頂面《ぶっちょうづら》に戻って頭を下げた。

龍之介は刀を携《たずさ》え、みんなに頭を下げ、座敷から出て行った。みんなも、頭を下げて龍之介を見送った。

三

閉門蟄居の処分を受けて以来、望月家の屋敷には誰も訪ねて来なかった。屋敷といっても百石取りの藩士に見合った古く貧弱な書院造りの家である。二百石取りだった時の屋敷よりも、敷地や庭は小さいし、部屋数も少ない。玄関前の武家門も、百石取りの家禄に相応《ふさわ》しい簡素な造りの門になっている。

その武家門に仰々《ぎょうぎょう》しくも太い青竹二本を交差させて打ち付けてある。この屋敷の者は、ただいま閉門蟄居の処分を受けた罪人だと世間に知らしめるための措置だった。

しかも、門の両側には、白鉢巻きに白襷を掛けた役人が見張り、人の出入りがないように監視している。

　さらに、龍之介は座敷一間に閉じ込められ、厠《かわや》の時以外に部屋から出ることもままならない。廊下には見張りの役人二人が交替で、常時詰めている。格子こそないが座敷牢である。軀を動かすことは禁じられ、書物を読むことも出来ない。一日中、座敷の中央にじっと正座し、謹慎していなければならない。

　厠に立つ時も、見張りの役人に大小便の申告をしなければならない。食事は家人が作ってくれるものの、膳を運んで来るのは、下男の作平爺だけで、母理恵や姉加世の顔を見たり、会話をすることも出来ない。見張りの役人に話しかけるのも厳禁だ。だから、外の様子は一切分からない。天候でさえ、雨が降っているのか、晴れなのかも分からない。

　一日中、じっと座っているだけで、何もしないと、眠気に襲われるが、就寝の時刻になるまで、横になって眠ることも出来ない。居眠りすれば、すぐに役人に杖で軀を突っつかれて起こされる。役人に力で逆らえば、荒縄で縛り上げられる。

　それでも、なお見張りの役人に抵抗しようものなら、たちまち大勢の役人が駆け付け、杖や木刀で寄ってたかって、滅多打ちにされる……らしい。龍之介は事前に役人から、そう脅された。

大声を出すことはもちろん、歌を唄ったりすることも厳禁だ。何をするのも厳禁され、毎日何もせず、正座してひたすら一日が経つのを待つ。その繰り返しだ。

龍之介ははじめこそ座禅を組んで、沈思黙考《ちんしもっこう》したり、無我の境地になれると思い、平気だった。だが、蟄居十日が経ち、ついで二十日が過ぎ、三十日にもなると、気分はだいぶ違ってきた。一月《ひとつき》の間、何もせず、じっとしていると軀が鈍《なま》ってくるのを覚えた。じっとしているのが、だんだん苦痛になってくる。早く、外に走り出て、磐梯山の岩や石だらけの荒野を飛び回りたくなる。

一月も経つと、頬や顎に生えた不精髭《ぶしょうひげ》は触るとだいぶ伸びているのが分かる。綺麗に剃った月代《さかやき》も、いまではかなり伸びて、みっともなくなっている。手鏡も刀の刀身もないので、自分の顔や姿が他人にはどう見えるのかも分からない。一月も風呂に入っていないので、軀から饐《す》えた汗の臭いがする。

こんな蟄居生活を、あと二月《ふたつき》、六十日もしなければならないのかと思うと、龍之介はいささか憂欝になった。

家族や外のことが気にもなってきた。誰も訪ねて来ないので、家族や外のことがまったく分からないのだ。

役人に尋ねても、一切、教えてくれない。家族については、祖母上や母上、姉上も同じ屋敷内にいる気配がするので、安心だった。時に、わざと座敷の龍之介にも聞こえるよう、声高に母上や祖母が話すので、直接話は出来ないものの、お元気だとは分かる。

問題は外のことだ。日新館への登校は叶わないので、学校で何が起こっているのか皆目分からない。何よりも兄真之助が起こした事件の真相が知りたかった。そもそも、兄上は、なぜ乱心し、一乗寺昌輔様を襲ったのか？

その背後に、どうやら藩内の派閥抗争があるらしい、とは分かるのだが、その派閥抗争が、どうして父上牧之介の自害や兄上真之助の乱心に結びつくのか、どうにも分からない。

「龍之介、そこに直れ」

廊下から上役の役人の声が響いた。閉門蟄居を司《つかさど》る責任者だ。龍之介が廊下を振り向くと、上役の役人がいった。

「面会だ」

面会？

誰だろう、と龍之介は訝《いぶか》った。

上役の役人から、閉門蟄居三ヵ月間は、屋敷への人の往来はない、といわれていた。

誰も面会に来ないから覚悟しておけ、といわれたのだ。

「龍之介、元気か」

佐川官兵衛の顔が、役人の背後から現われた。龍之介は思わず、叫ぶようにいった。

「官兵衛様ではないですか。どうして、ここへ？」

「龍之介、それがしは、おぬしの烏帽子親だぞ。親が我が子の身を案ずるのは当然のことであろうが」

「ご心配をおかけします。申し訳ありません」

龍之介は座り直し、官兵衛に平伏した。

上役の役人は佐川官兵衛に頭を下げた。

「では、佐川様、ごゆるりと。見張りの当番も引き揚げさせます。何か用事がありましたら、大声で呼んでください」

「うむ。悪いな。突然に」

「いえ。ご家老様からも、佐川様のこと、よろしう、といわれていました。佐川様には、特別の面会の許可が出ておりますので、それがしは、その勤めを果たしているだけでございます。どうぞ、お気になさらずに」

「うむ。ご苦労さん」

上役の役人は、廊下に控えていた見張りの役人に目配せした。二人の見張りは立ち上がり、上役の役人について、玄関の方に引き揚げて行った。

官兵衛は、ずかずかと座敷に上がり込み、龍之介の前に、どっかりと胡坐《あぐら》をかいた。

「おうおう。龍之介、だいぶ不精髭が生えたのう。月代もちゃんと剃らんと、落ちぶれた浪人者だぞ」

「さようでございますか」

「一ヵ月、よう頑張ったな。おまえは罪人でもないのに、兄真之助の罪科を背負い、償おうとしておる。偉い。それでこそ、会津武士だ」

龍之介はなんと返事をしたらいいものか、と黙った。

佐川官兵衛は、自分のどこを見て、会津武士だとおっしゃるのか。

「ははは。分からぬか。会津士魂は、義に生き、義に死ぬ。おぬしは兄貴の義を信じている。おぬしも兄貴同様、あくまで義を貫いて生きるだろう。それが、会津武士の魂だ」

官兵衛は兄真之助の死について、何か知っているのだろうか？

「真之助は、それがしが手塩にかけて育てた会津武士だ。間違ったことはしていない、とそれがしは信じておる」

「どうして、兄上は一乗寺昌輔様を斬ろうとしたのでしょうか?」

龍之介は官兵衛に尋ねた。官兵衛は真顔で答えた。

「それは、それがしも分からない。知る立場にもない。だから、推測するだけだが、きっと何か深い訳があったのに違いない。おぬしも、いつか江戸に行くことになろう。そうなったら、お父上の自害、兄真之助の死について、じっくりと調べてみることだ。おぬしでなければ、分からぬことがあるかも知れない」

「しかし、先生、それがしたち望月家は、お家断絶、藩領外への追放という処分を受けています。このままでは、とても、それがしが江戸に行き、父上の自害や兄上の不祥事について、調べることはできません」

佐川官兵衛は大きくうなずいた。

「うむ。それがしは、そのことがあって、ここへ参ったのだ」

龍之介は官兵衛の顔を見た。

「どういうことでしょう?」

「ご家老たちを一人一人訪ねて説得した。三ヵ月の閉門蟄居は長すぎる、と。おぬしがやったことではないのに、事情を何も知らぬおぬしに、罰を与えるのはおかしい。しかも、三ヵ月は重すぎる、とな」

「ご家老たちは納得したのですか？」

「うむ。過半数のご家老たちを説き伏せた。最も難関に思われた筆頭家老の一乗寺常勝様も、最後は期間三ヵ月は、たしかに長過ぎると賛同してくれた。それから、おぬしが処分に従順に従い、抵抗しなかったことも評価された。それで閉門蟄居の処分は近々解《と》かれることになった」

「そうでしたか。ありがとうございます」

龍之介はほっとして喜んだ。

「それで、近々と申されますと、いつになりましょうか」

「焦るな。三日か四日後だ。次の家老会議で決まる」

「ほんとうにありがとうございます」

これで自分は科人《とがにん》扱いから解放される。母や姉、祖母とも顔を合わせ、話が出来るようになる。

「望月家のお取り潰しについては、どうなりましょうか？」

龍之介は佐川官兵衛に身を乗り出して訊いた。官兵衛は頭を左右に振った。

「残念だが、お家取り潰しの件については、一乗寺様をはじめ、ほとんど全員が首を横に振った。真之助が一乗寺昌輔殿に斬り付けたことだけでも重罪だった。その上に止めようとした小姓組の護衛の三人を斬り、うち一人を殺した罪は重く、許しがたい、と。もし、真之助が生きていたら、当然、切腹を申し渡していただろう、ということだった」

龍之介はぺたんと畳に尻をついた。

「そうでしたか」

「うむ。ご家老たちは閉門蟄居の期間を減らすことには賛成したが、望月家を取り潰すという処分はいまだ変更しない、情状酌量の余地なしとなっている。残念ながらな」

官兵衛はため息をついた。

龍之介も、内心、多分お家の取り潰しの処分は、そのまま変更されないだろうな、と覚悟していた。

もし、藩領内から追放されたら、いったい、祖母、母、姉を連れて、どこへ行けばいいのだ。

望月家の出自《しゅつじ》は、元々信州《しんしゅう》の高遠藩《たかとお》だ。当主保科正之が、会津藩主になった時、その家臣として一緒に会津若松に移り住んでいる。だから、高遠藩領に行けば、遠い縁者親戚がいないでもない。だが、会津を追われた望月家一族が、ほとんど親戚付き合いもない遠縁の人たちに歓迎されるはずもない。

「われらの藩領外への追放処分も、取り消されず、そのままなのでしょうね」

「うむ。一月が経って、だいぶご家老たちも、態度を和《やわ》らげている。藩外に追放するのも、酷《きび》し過ぎるのではないか、とな。望月家は、代々高遠以来の保科様の直臣旗本の家系だ。それも考慮されておる。いずれ、ご家老のうちの誰かが身元引受け人になってくれれば、おそらく、そうした処分も取り消されるだろう」

「ご家老の中で、私どもの身元を引き受けていただける方がおられるのでしょうか」

龍之介はやや絶望しながら、考え込んだ。

父上の牧之介や兄上の真之助ならば、ご家老たちの面識はあろうが、元服して間もない龍之介は、ほとんど誰も知らない。一度は烏帽子親を引き受けてくれた家老の原田武之臣には、挨拶に行ったので覚えてはいるが、父上牧之介の切腹事件が起こったら、病気を理由に烏帽子親を断ってきた。そんな人が、真之助の乱心事件で処分を受けた望月家の保証人になってくれるとは、とても思えなかった。

「おる。まだ、ちゃんとは話していないが、お願いすれば、きっと引き受けてくれると思う」

「どなた様でございますか？」

「家老の西郷近思《ちかもと》様だ。西郷様はお父上の牧之介殿を高く買っておられた。家老会議では、西郷様おひとりが、北原派にも一乗寺派にもなびかず中立の御立場だったそうだ。牧之介自裁《じさい》の事案の時も、真之助乱心の事件の時も、望月家の処分については慎重だった。もっと内情を調べた上で、落ち度があったら、しかるべき処分を下すべきだとおっしゃっておられたそうだ」

龍之介は遠目でしか西郷近思を見かけたことがなかった。直《じか》に話したことはない。温厚な面立《おもだ》ちは覚えている。

西郷近思は保科正之本家の分家という話を聞いたことがある。同じ家老職でも、保科家の血筋に繋がっているとなると、その発言は重いものがある。日新館の何かの行事に西郷近思が御越しになり、藩校生たちを前に何か講演なさった。何の話だったのかは、すっかり忘れている。

龍之介は、かすかに希望が湧いてきた。

「しかし、それがし、西郷近思様に、一度もご挨拶したこともないのですが」

「ははは。それがしも、あまり西郷近思様とは話したことがない。だが、息子の頼母《たのも》とは藩校同期で、結構仲がいい。頼母を通して親父の近思様に掛け合ってもらうつもりだ」

「よろしく、お願いいたします」

龍之介は頭を下げた。

「望月家一族は、この一ヵ月、じっと閉門蟄居していたから、さぞ不安だったろう。特に心配な事はないか？」

「兄の真之助の遺体はどうなりましたでしょうか。それがしが迎えに行けなかったので、いま、どうなっているのかを心配しております」

「その件については、それがしも気になって、藩の執政に問い合わせてある。真之助の遺体は、罪人ということで、荼毘に付し、遺骨は無縁仏の墓に納めることになった」

「無縁仏の墓ですか。兄上も可哀相に」

龍之介は、鼻をぐすりと手で啜《すす》り上げた。

己れが蟄居させられていなければ、すぐにでも江戸に迎えに行けたのに。

「龍之介、大丈夫だ。江戸詰めの真之助の什《じゅう》の仲間が内密に真之助の遺骨を引き取り、仮密葬したそうだ」

龍之介はほっとした。兄上の遺骨を預かってくれた人がいたとは思わなかった。

「兄上の什の仲間とは、いったい、どなたでございましょうか？」

「小姓組の田島孝介《たじまこうすけ》だ。存じておるか？」

「ああ、田島孝介様ですか、存じております。日新館に兄上が通っていた時、よく我が家に遊びに来ていました。田島様は大酒飲みだったように思います」

龍之介は、訪ねて来た田島孝介と、兄上が部屋で酒を酌《く》み交《か》わしていたのを思い出した。二人は何の話で盛り上がっていたのか、愉快そうに笑い合っていたのを覚えている。

龍之介はうれしそうにいった。

「謹慎が解けたら、さっそく、それがしが江戸に行き、兄上と父上の遺骨を引き取って参ります」

「ううむ。それはまだできんだろうな。閉門蟄居の謹慎処分が解けても、取り潰しの処分や藩領外への追放処分などがある。おぬしが藩の許可なく、勝手に江戸に行ったりしたら、それこそ、ご家老たちの反感を買う。せっかくご家老たちの同情を得て、これから取り潰し処分や藩領外への追放処分を取り消してもらおうというのに、そんなことをしたら、同情したご家老たちも、そっぽを向くことになろう。まずは静かに自重することだ」

「はい。分かりました」

龍之介は官兵衛のいう通りだと思った。

「いっておくが、一度取り潰されたお家の再興は極めて難しい。我が会津藩では、まだそうした例は、一件もない」

「…………」

龍之介は項垂《うなだ》れた。やはり、お家の再興は無理なのだろうか。龍之介は、望月家代々のご先祖様に申し訳ない、と思った。

佐川官兵衛は龍之介を励ますようにいった。

「家の再興への道がないでもない。そのうち、それがしが考え出し、教えてやる」

官兵衛はにやにや笑った。

「龍之介、おぬしには、いまやるべきことがあるだろうが」

「は？　何でございましょうか？」

官兵衛は鼻を摘んで、鼻声でいった。

「おぬし、臭う。しばらく風呂にも入っていないのだろう？」

「臭いますか？」

「ああ、臭う。ひどい臭いだ」

龍之介は着ている着物の袖を鼻に近付けた。あまり臭うとは思えない。

「自分の臭いは、自分の鼻では分からぬものだ。この座敷からして、閉めきっているので、空気が籠もっていて、息苦しい」

佐川官兵衛は立ち上がり、さらりと障子戸を開けると、掃き出し窓の廊下に出た。閉じられた雨戸の閂《かんぬき》を外し、雨戸を開け、戸袋に雨戸を送り込んだ。

庭の明るい光が座敷に差し込んだ。龍之介は、あまりの明るさに目が眩《くら》んだ。新緑の木々が目に飛び込んでくる。

「龍之介、外の空気を吸え。元気が出るぞ」

龍之介は座ったまま、大きく深呼吸をした。若葉や花の匂いが微風《そよかぜ》に乗って部屋に入ってくる。

「それにしても、龍之介、おぬし、臭いだけでなく、むさいな」

「はあ？　むさい？」

龍之介はきょとんとした。官兵衛はつかつかっと龍之介のところに戻った。腰の小刀の柄に手をかけ、鞘から刀身を半分引き出し、龍之介にかざして見せた。

刀身に、見るからにむさい男の顔が映っていた。月代は黒い毛が伸び放題、不精髭も頬や顎にびっしりと生えている。見るからに、不審な面持ちの浪人者に見えた。

「どうだ、己れの顔を見て、むさいと思わぬか」

「はい。たしかにむさいです」

「まず風呂に入り、軀の垢《あか》を流せ。そうしたら、それがしが月代を剃り、不精髭を剃り落とし、昔ながらのいい若者に戻してやるぞ」

佐川官兵衛は大声で笑い、誰かいないか、と叫んだ。

庭先から下男の作平爺が顔を出した。

「はい。何か、ご用だんべか？」

「風呂を沸かしてくれ。若旦那様が御入りになるぞ」

「はいはい。すぐに用意すっぺ」

作平爺はうれしそうに顔をくしゃくしゃにして返事をした。

四

小糠《こぬか》雨が音もなく降り続いていた。梅雨の走りの雨だ。

町外れの古寺に続く小道は薄暮に包まれ、人気《ひとけ》なくひっそりと静まり返っている。

降りしきる雨の中、龍之介は真之助の遺骨が入った白木の箱の包みを首に下げ、右肩に墓標の柱を担ぎ、上から菰《こも》を被り、一歩一歩歩んでいた。

菰は雨に濡れて次第にずっしりと重くなっていく。墓標の柱もだんだんと肩に食い込んで痛くなってくる。

こんな菰を被った格好は、まるで物もらいをして歩く乞食の姿ではないか。

龍之介は屈辱と悲憤と悲嘆で、胸が張り裂ける思いだった。

真之助の遺骨が会津若松の自宅に戻って来たのは、昨日のことだった。真之助に御供して江戸へ行った中間の坂吉が、帰りには遺骨となった真之助を連れ戻したのだ。

密葬は三田の下屋敷近くの寺で数人の友人によってしめやかに行なわれた。遺体は土葬されず、故郷に持ち帰ることが出来るように荼毘に付された。

兄の遺骨は故郷に戻ったが、父の遺骨は江戸郊外の古寺に仮安置されたままで、藩は坂吉に父の遺骨を会津若松へ持ち帰ることを許さなかった。

真之助の遺骨は故郷に戻ったものの、藩は科人の葬儀などもってのほかだとし、本葬はもちろん、家族葬もまかりならぬと厳禁した。真之助の遺骨は自宅に留めることなく、直ちに無縁仏の共同墓地に直葬《じきそう》せよ、という指示だった。

龍之介は、遺骨を望月家代々の墓がある菩提寺に納骨したい、と懇願したが、即座に却下された。重臣を襲い、止めに入った藩士三人を死傷させた大罪人の遺骨を弔《とむら》うとは何事か、と龍之介は叱責された。

龍之介とて閉門蟄居の処分は、一応あけたものの、仮釈放のようなもので、まだ半分科人扱いされていた。

その龍之介が藩の指示に従わねば、再び閉門蟄居の身に戻す、と役人は警告した。龍之介は泣く泣く藩の指示に従わざるを得なかった。

それでも龍之介たち家族は密かに菩提寺である長命寺《ちょうめいじ》の住職を御呼びし、遺骨に戒名《かいみょう》を付け、お経を上げてもらい、家族だけで通夜を行ない、故人を偲んだ。家を見張っていた役人たちは同情し、見て見ぬ振りをしてくれた。

直葬についても藩から酷《きび》しい条件が付いていた。読経などは一切しない、ただ無縁仏のための墓地の空き地に小さな穴を掘り、そこに遺骨を埋葬せよ、という指示だった。墓石を立てることはならぬ、辛うじて昔ながらの土饅頭《どまんじゅう》を造り、角材の墓碑銘を立てることだけが許された。

土饅頭なら、いつか真之助の罪が許される日が来たら、土を掘り返して骨を取り出すことが出来る。そうしたら、あらためて本葬を行ない、望月家代々の墓に骨を納めることが出来る。それまで土饅頭で許してほしい、と真之助の遺骨に語りかけた。

直葬も龍之介一人で行ない、ほかに誰も立ち合わないこと、さらに親戚縁者はもちろん一族郎党、友人や知人にも、墓地の所在など一切知らせてはならぬなどが厳命された。

龍之介は胸に抱えた白木の箱に詫び、悔し涙を必死に堪えていた。

寺への道は次第に薄暗くなっていく。左右から参道に覆い被さるように枝を垂れた桜は、すっかり花が散り、新緑の葉葉が風に揺れていた。

たまたますれ違う通行人は、菰を被った龍之介の異様な姿に、急ぎ足で避けて通った。通り過ぎてから、立ち止まって、龍之介の様子を窺っていた。

道端の木陰に人影が動いた。人影は龍之介に近寄り、一緒に歩き出した。

「望月様」

女の声に龍之介は菰の端を押し上げた。黄昏《たそがれ》のなかに清楚な面持ちの娘が立っていた。

「奈美にございます」

龍之介は驚いて立ち止まった。

大槻弦之助の娘の奈美だった。奈美の手には、白い菊の花束があった。

「望月真之助様、御労《いたわ》しい。心からお悔やみを申し上げます」

「ありがとう」

龍之介は思わぬ弔問に胸が詰まり、言葉を返せなかった。

「私も手伝わせてください」

奈美は龍之介の後ろに回り、菰の下に入り、墓標の柱を持った。龍之介は肩に担ぎ込んだ柱が急に軽くなるのを覚えた。

「それがし、一人で兄の遺骨を運ぶようにいわれておる」

「私がお手伝いしているのは、柱の端を手で押さえているだけ、御遺骨をお運びしているわけではございませぬ」

龍之介はあたりを見回した。家を出たころは見かけた蓑笠《みのかさ》姿の侍の姿はなかった。

「参りましょう。まもなく日が暮れます」

「うむ。かたじけない」

龍之介は奈美に礼をいった。柱は奈美に端を持ってもらっただけで、だいぶ担ぎやすくなり、軽くもなった。

「後ろは足元が見えぬので歩き難《にく》かろう。気をつけてくれ」

「はい」

菰を被った二人は、それ以上は何もいわず、無言で歩き出した。先を行く龍之介の直後を、奈美が付いて歩く。奈美は龍之介の歩調に合わせて歩いた。

やがて小道は終わり、古い寺の境内に入った。本堂の窓の障子紙は破れて、ぼろぼろになっていた。寺には誰も住んでいない様子だった。

龍之介は足を止め、菰の端を持ち上げた。

墓地は本堂の右隣にあった。手入れがされていない墓地がひっそりと薄暮の中に身を沈めていた。

どこからか、土を掘る音がした。

「父上がお手伝いに上がっています」

「大槻弦之助様が御出《おい》でなのか」

龍之介は菰を脱ぎ、柱を肩から下ろした。奈美が柱の後ろの方を抱えていた。

先の空き地に、小雨が降る中、鍬《くわ》を振るっている侍の姿があった。

「大槻弦之助様」

龍之介は思わず、声を上げた。侍は鍬の柄を立て、その上に腕を置いた。

「おう。望月殿、参られたか。埋葬用の穴を掘っておいたぞ」

龍之介は奈美と一緒に柱を持って、大槻弦之助の前に進み出た。

「大槻様に、こんなことをしていただいて、申し訳ありません。もし、監視の役人にでも見つかったら、ご迷惑をおかけすることになります」

大槻は笑い声を立てた。

「なんのこれしきのこと。役人に見つかったら、その時はその時のこと。おぬしは我が家が火事になった時、命懸けで娘の奈美の命を助けてくれた大恩人だ。その大恩人の恩に報いるに、こんなことでは足りん。のう、奈美」

「はい。お父様、その通りですよ。お葬式もできずに、あの世に肉親や兄弟を送る人の気持ちを思ったら、罰なんか平気です。どんな罰でも受けます」

奈美は大槻弦之助に同意した。

「そうよのう」

大槻はうなずき、龍之介に白木の箱を下ろすように促した。

「さあ、龍之介殿、暗くなる前に、真之助殿の御遺骨を埋葬しましょう」

すでに地面には、人の腰ほどまでの深さに長方形の穴が掘ってあった。大槻はすとんと穴に入り、龍之介に両手を伸ばした。

「さあ。御遺骨をお渡しください。穴の中に安置いたしましょう」

「かたじけない」

龍之介は首に架けてあった白木の箱の包みを解き、念仏を唱えながら、大槻に渡した。大槻は白布で包まれた白木の箱を恭《うやうや》しく捧げ持ち、そっと穴の一角に納めた。

「では、これを」

龍之介は、柱の鋭く尖った先を、穴の中に落とし込んだ。大槻と龍之介、奈美の三人は一緒に力を合わせ、柱を穴の底に突き立てた。

柱の表面には「烈士望月真之助の墓」と墨字で大書してある。裏面には、死亡した日と享年が記してある。

龍之介は大槻に手を差し出した。大槻はちらっと龍之介を見たが、すぐに手を握った。龍之介は大槻の手を引っ張り、穴から大槻を引き上げた。

「では」

龍之介は穴の中に鎮座した白木の箱に合掌《がっしょう》し、念仏を唱えた。大槻も奈美も、一緒に手を合わせた。あたりは、すっかり薄暮に覆われていた。雨は霧雨になっていたが、あいかわらず降り続いている。

一段落を付け、龍之介は心の中で、兄の真之助に別れを告げた。

「鍬で土をかけてあげてくだされ」

大槻が鍬を龍之介に手渡した。龍之介はうなずき、穴の脇に積み上げてあった盛り土を崩し、土塊《つちくれ》を一かき鍬で掬い、白木の箱の上に落とした。さらに、鍬で土の山を崩しては白木の箱の上にかけていった。たちまち白木の箱は土に覆われ隠れてしまった。

龍之介は、いま一度合掌し、土に隠れた白木の箱に祈った。

「後は、それがしがやりましょう」

大槻は鍬を受け取り、穴の周囲の盛り土の山を豪快に崩して穴に落とし込みはじめた。龍之介は奈美と並んで、墓穴が埋められるのを見守っていた。

いつの間にか、雨は止んでいた。

やがて木の墓標の前に、一盛りの土饅頭が出来上がった。龍之介はしゃがみ込み、土饅頭の土を手で撫で、すぐには崩れないように土を押さえ込んだ。土は雨に濡れて、粘土のようになっている。傍《かたわ》らで奈美も一生懸命に土饅頭を手で撫でまわし、土饅頭の表面を整えていた。

「奈美さん、ありがとう。もういい。手が泥で真っ黒だ」

「はい」

奈美は土饅頭を撫で回すのを止め、立ち上がった。手拭いで泥だらけの手を拭った。

「済まない」

「まだ、お花があります」

奈美は近くの木の陰に急ぎ、すぐに白菊の花束を持って戻って来た。

「龍之介殿、いましばらくお待ちを」

木陰では、大槻が懐《ふところ》から艾《もぐさ》を出し、盛んに火打ち石を打っていた。やがて艾に火花の火が点いて小さな炎がちらついた。大槻は口でふーふーと吹きながら火を熾《おこ》し、くしゃくしゃにした懐紙に火を移した。その火に懐から出した線香の束をかざした。

線香はめらめらと炎に包まれ、強い香があたりに漂いはじめた。

「お二人には何から何まで用意していただき、本当にかたじけない」

龍之介はあらためて大槻親子に頭を下げ、心から感謝した。

「さあ。雨が降らないうちに」

大槻に促され、龍之介は火が点いた線香を土饅頭に突き立て、手を合わせた。大槻も線香を手向《たむ》け、合掌した。

奈美は龍之介の傍らにしゃがみ込み、白菊を土饅頭にお供えして手を合わせた。

龍之介は一応の供養が無事に終わり、心がすっきりと晴れやかになるのを覚えた。

これも大槻親子の二人のお陰だと思った。もし、一人だけで直葬をしていたら、たいへんに手間取り、まだ埋葬は終わっていなかったろう。兄上もきっとあの世で感謝しているだろう、と龍之介は思うのだった。

すっかり、あたりは暗くなり、線香の赤い小さな点のような火が螢《ほたる》のように点々と闇に浮かび上がっていた。

龍之介はもう一度合掌し、兄真之助の成仏を祈った。

五

戟門の太鼓が連打され、日新館の授業が始まった。

龍之介は講釈所の座敷に入り、前の方の机の席に座った。桑原《くわはら》教授の孟子の授業が始まる。生徒たちは、全員席に着き、教科書を開いている。

龍之介は、正式に閉門蟄居の処分が取り消され、日新館に登校することも許された。磐梯山に籠もっての剣術修行のため、あらかじめ夏休み明けまでの期間の休校届けを出してあったので、閉門蟄居していた間も、無断欠席扱いにならずに済んだ。これは日新館の先生方の望月龍之介への温情措置だった。もし、龍之介が休校届けを出していなかったら、自主退学扱いとなり、日新館に通うことは出来なかったろう。

だが、お家取り潰し処分は取り消されず、仮執行停止とされた。いつ執行されるか分からない不安定な状態ではあるが、とりあえず、仮ではあっても執行が停止されたのだ。それに伴い、家禄没収や上士からの降格処分も、さらに藩領外への追放処分も、いずれも執行が停止された。

家老会議から洩れ伝わってくる話では、父牧之介の自害事件から兄真之助の乱心事件まで、事情が不明朗な面があるという一部の家老の強硬な異論が出て、ふたつの事件の再調査をすべし、となったらしい。

牧之介の自害についての調査には、前筆頭家老の北原嘉門を中心とする北原派が無駄なことだと反対し、現筆頭家老の一乗寺常勝をはじめとする一乗寺派の家老たちが調査すべしと主張していた。

ところが、兄真之助の乱心事件の再調査については、一乗寺派が乗り気ではなく、逆に北原派が強硬姿勢で主張しているとのことだった。

この二つの事件の再調査の結果が出ないと、望月家への処分は執行も取り消しもない。およそ、中途半端な事態になったが、龍之介には、どうしようもない。

ともあれ、望月家の門に付けられていた竹竿が取り外されただけでも、よしとするしかない、と龍之介は思うのだった。

形の上では以前の生活に戻り、望月家には、これまで通り、人々が自由に出入りするようになり、活気が戻りつつあった。

お家のお取り潰し処分の仮執行停止にも直接に関連するのだが、もう一つ問題があった。望月家の後継ぎ問題である。通常なら、家長の真之助が亡くなったとなると、弟の龍之介が家督を継ぐことになる。実際真之助の死後、事実上、龍之介が家長として、事後処理にあたり、家事を切り盛りしてきたが、まだ藩から龍之介が家長として認められてのことではなかった。

もし、藩が龍之介を望月家の家督を継いだ当主だと正式に認めたら、お家の取り潰し処分と矛盾することになる。そのため、藩もまだ正式には結論を出さず、龍之介を望月家の家長と認めていなかった。こちらも、あくまで龍之介は仮の家長だった。

いきなり、紙飛礫《つぶて》が龍之介の横顔にあたった。龍之介ははっと我に返った。

桑原教授の孟子の講義が続いていた。

「……孟子の考えは、このように、できれば争わず、争いになったら、戦わずに勝つ方法を考える……」

また紙飛礫が宙を飛ぶ気配を感じた。龍之介は手でぱしっと叩き落とした。

「望月、授業中に何をしておる？」

「いえ。何もしてません」

龍之介は紙飛礫が飛んで来た方角に目をやった。みな知らぬ顔で教科書を読む振りをしている。

桑原教授は龍之介が叩き落とした紙飛礫を拾い上げた。

んだ。

「何もしておらんと？　では、これは何だ？」

桑原教授はくしゃくしゃに丸められた紙飛礫を開いて、そこに書いてある文字を読

桑原教授は顔を上げた。

「誰だ、こんな下劣なことを書いたのは？」

教場はしーんと静まり返った。藩校生たちは、きょろきょろと互いを見回している。

「誰も名乗り出ないんだな。卑怯者は、これを書いた者だ。おまえたちは、我が会津の日新館の教えを何だと思っておるのだ。子ども時代の什の教えを忘れたのか？」

桑原教授は激高し、大声でいった。

「嘘をついてはなりませぬ。人を騙してはなりませぬ。卑怯《ひきょう》なまねをしてはなりませぬ。とかく士道に反することはなりませぬ、だ。そうした教えを忘れたのか」

戟門から太鼓の音が響いた。授業の終わりの合図だ。

「いいな。望月、こんな、汚らわしいものは、読むな。書いたやつの品性を疑う。以上、本日の講義は、これで終わりだ」

「注目ッ！　礼ッ」

級長の声が号令をかけた。生徒たちは一斉に頭を下げた。

桑原教授は憤然とし、教科書を抱えて、廊下に出て行った。

龍之介は、机の下に転がっていた紙飛礫をそっと拾い上げた。最初に顔にぶつけられた紙飛礫だ。

読むな、といわれると、余計に読みたくなる。どうせ、ろくな悪口が書いてないのだろうが、龍之介は気になった。

くしゃくしゃになった紙飛礫を開いた。

乱暴な字が書き殴られていた。

『龍之介の親父は、藩のカネをくすねた大泥棒だ』

『兄の真之助は、江戸で女の尻を追い回し、それを重臣に咎められて乱心し、あろうことか重臣を斬ろうとして護衛を殺した大罪人だ』

『龍之介よ、神聖なる日新館から出て行け』

『日新館の面汚《つらよご》し！　学校に来るな』

『死ね！』

龍之介は講釈所を出て行く藩校生たちを腹立たしげに睨んだ。あの連中の中に、こんな文句を書いた紙飛礫を投げた輩《やから》がいる。紙飛礫が飛んできた方角には、北原派の連中が、知らぬ顔をして座っていた。

北原派の面々がにやにやしながら龍之介を横目で見やり、次の授業を受けに移動して行く。

鹿島明仁が龍之介を見付けて手を上げ、近寄って来た。

「龍之介、仮にしても閉門蟄居処分が解かれて、よかったな」

「うむ。だが、まだ難問が山積みだ。気が重い」

「そうだろうな。一度下された処分は、取り消すのが難しいものな。多くは泣き寝入りになる」

「だが、お家取り潰しとなると、望月家の存亡がかかっているからな。泣き寝入りするわけにはいかない」

「そうだな。同情する。たいへんだろうが、頑張ってもらわぬとな」

明仁は慰め顔で龍之介にいった。さすが、明仁は昔からの什の仲間だ。何もいわなくても分かりあえる。龍之介は、親しい明仁に忿懣《ふんまん》をぶちまけた。

「ほんとにけしからんやつがいる。ひっつかまえて、ぶん殴りたい」

「龍之介、いったい、どうした?」

「あの連中のなかに、あらぬ流言蜚語《りゅうげんひご》を流す卑怯な男がいるんだ」

明仁は笑いながら、袖の中から、くしゃくしゃになった紙飛礫を龍之介に差し出した。

「これもそうか」

「それは？」

「先生が、それがしに、どこかに捨てて処分しろと渡したものだ」

「どれ、見せてくれ」

「気分が悪くなるから、読まない方がいいと思うがな」

龍之介は紙飛礫を受け取り、ゆっくりと紙を拡げた。そこには下手《へた》くそな字の殴り書きがあった。

『望月龍之介の姉加世殿は、顔は美人だが、不貞な尻軽女に候《そうろう》。閉門蟄居の謹慎中も、夜な夜な、男の許《もと》に通い、とうとうご懐妊なさった。めでたいめでたい……』

龍之介はかっとなった。

おれの悪口雑言を書くなら、まだしも、まったく関係のない姉上をあげつらうとは。しかも懐妊などととんでもない嘘をついて、姉上を貶《おとし》めている。書いたやつは、なんと卑怯で卑劣な男なのだ。これは許せぬ。桑原教授のおっしゃる通りだ。

「な。先生が読むなといったろう？」

「本当に書いた野郎は下劣な男だな。同じ藩校にこういう卑劣なやつがいるとは、情けない」

龍之介は紙を細かく破り、くしゃくしゃに丸め、くず籠に捨てた。

「まあ、気にするな。気にすれば、そんなことを書いた連中を喜ばせるだけだ」

明仁は龍之介をなぐさめるようにいった。


だが、龍之介に対する嫌がらせは、それが皮切りだった。道場で、いざ稽古をしようとしたら、休んでいる間に胴や垂れは捨てられていた。

壁に並んだ門弟たちの席次から龍之介の札は外され、札はゴミ捨て場に転がっていた。

ゲベール銃の射撃訓練では、龍之介の銃の撃鉄が壊されていた。銃を替え、火薬を銃に詰めようとしたら、今度は火薬が湿っていて、発火せず、銃を発射出来なかった。誰かが、直前に龍之介の火薬の実包に水をかけて置いたらしい。

弓馬の訓練では、いつも乗る愛馬の腹帯を切られていた。知らずに馬に乗って駆けさせていたら、きっと途中で落馬していたところだった。

講釈所での授業では、空いた席がなく、龍之介は廊下で先生の講義を聞くしかなかった。

水練の稽古を終えて、着替えの部屋に戻ると、龍之介の小袖や袴、肌着だけが、外に放り出されていた。

いずれも、誰がやったのかは分からなかった。嫌がらせやいたずらは、次第に悪質になっていったが、龍之介はひらすら我慢してやりすごした。そのうち、龍之介は嫌がらせに慣れっこになった。

龍之介が嫌がらせを受けていると知った什の仲間、権之助や明仁、九三郎、文治郎たちが交替で一緒にいてくれるようになり、嫌がらせはだいぶ少なくなった。だが、龍之介は、関係のない仲間たちに余計な心配をかけていると思うと、それがまた心の負担になるのだった。

そのうち、龍之介は、だんだん、誰がそうした嫌がらせをしているのかが、おおよそ見当がつくようになってきた。あいかわらず、北原派が中心で、そこに一乗寺派が加わり、競《たた》うように龍之介に嫌がらせし、日新館から追い出そうとしているのだ。弱り目に祟り目の望月家の龍之介をいじめることで、彼らは日頃の憂さを晴らそうとしていたのだった。

そんなある日、龍之介に佐々木元五郎からの呼び出しがかかった。本日放課後、道場において、龍之介を査問にかける、というのだった。よって、おぬし一人で来い。

佐々木元五郎は何の査問か、はっきりとは教えてくれなかった。だが、什の掟《おきて》、日新館の掟を破った疑いがあるという査問だった。

龍之介は、今度ばかりは権之助たちに相談しなかった。相談すれば、きっと仲間たちは心配し、龍之介と一緒に道場に出る。場合によっては、龍之介に加勢したということで、彼らも査問にかけられる。

査問は藩校生たちの自主的な活動の一つとして行なわれるもので、学校はもちろん、藩は口出ししない。公的な査問ではないので、龍之介は出席を拒むことが出来る。だが、その場合、龍之介は査問が恐くて逃げたといわれ、会津武士らしくないとされ、学校の内外で仲間たちから村八分《むらはちぶ》にされることを覚悟しなければならない。

龍之介は覚悟を決め、放課後、一人で勇躍道場に乗り込んだ。

「おう。来たな」

佐々木元五郎は、道場の中央に立ち、龍之介に声をかけた。十数人の稽古着姿の門弟たちが、ばらばらっと龍之介を馬蹄形に囲んだ。いずれも竹刀《しない》を手にしている。

龍之介はあえて丸腰で、大小を腰に差しておらず、竹刀も木刀も携えていなかった。持っていれば心強いが、もしかして、争いになるかも知れない。龍之介は無用な争いは避けたかった。

佐々木元五郎は龍之介の背後を探るように窺《うかが》った。

「なんだ、一人で参ったのか」

「一人で来いといわれたので、その通りにしました」

元五郎は唇を歪めてふっと笑った。

元五郎は北原従太郎に向いていった。

「では、北原さん、査問会を始めましょうか」

「うむ」

北原従太郎は馬蹄形に並んだ門弟たちの真ん中に置かれた床几《しょうぎ》に腰を下ろした。

北原従太郎だけは、腰に大小の刀を差している。どうやら、査問会の議長は北原従太郎らしいと龍之介は判断した。元五郎をはじめ、ほかの門弟たちは、みな稽古着姿で、竹刀を手にしていた。

「龍之介、おぬしは、北原さんの前に座れ」

元五郎は竹刀の先で、床几に座った北原の前を差した。

龍之介はおとなしく、北原の前に正座した。床几に座った北原は、ちょうど龍之介を見下ろす位置にある。

北原は厳《おごそ》かに宣言した。

「では、望月龍之介、これより、おぬしが掟破りをしたか否かの査問会を開催する。佐々木元五郎、望月の容疑を質《ただ》せ」

「はい」

佐々木元五郎は懐から書状を取り出し、厳かに読み上げた。

「被告人望月龍之介。貴殿は十日前の夕刻、城下の外れ、廃寺の参道において、若い女子《おなご》と逢引きをしていたという目撃証言があるが、これは真か？」

龍之介は、馬鹿馬鹿しいと笑った。

「逢引きではない。兄の遺骨を直葬に行ったのであって、逢引きではない」

「目撃証言によると、雨が降る中、女子と一つの菰を被り、二人しっぽりと濡れながら、いそいそと歩いておったそうではないか」

なんという卑しい性根の目撃者なのか。龍之介は猛然と腹が立った。

龍之介は、あの日、奈美と菰を被り、雨に濡れながら歩いたことをまざまざと思い出した。兄上を、たった一人で直葬するため、古寺の墓地に向かっていた。その時の屈辱と悲憤、悲嘆が怒濤のように龍之介を襲ってきた。

「望月、再度訊く。真実か否か」

「その目撃者は、いったい誰なのでござる？」

龍之介は佐々木元五郎を見上げた。

「誰でもよかろう。女子と逢ったのは事実かと訊いておる」

「事実は、先に申した通り。兄上の遺骨が入った白木の箱を抱え、墓標にする柱を担いで、廃寺の墓地に急いでいたのであって、断じて逢引きにあらず」

「言い逃れはするな。武士として見苦しいぞ」

「言い逃れではない。それがし、真実、兄上の遺骨を墓地に直葬に行ったまで」

「それでは」

佐々木元五郎がいいかけた時、北原従太郎が手を上げて、元五郎が問うのを止めた。

北原従太郎は笑みを浮かべながらいった。

「おぬしが、その日、無縁仏の共同墓地に向かったことは認めよう。逢引きではなく、兄上の遺骨を埋葬に行ったということもな」

「うむ。……」

龍之介は訝った。急に北原が龍之介の言い分を認めるはずがない。何か理由があるはずだ。

「その時、雨が降っていた。それで、おぬしは濡れないように、菰を頭から被っていたのだな」

「しかり」

「墓地に向かう途中、うら若き娘が待っていた」

「うむ。しかり」

「女子は白菊の束を抱いていた。違うか？」

「しかり」

龍之介は思った。

目撃者は、奈美が白菊の花束を手にしていたのを見ている。どこかで、我々は見られていたのだ。龍之介は、ならば、目撃者は我らが墓地で、大槻弦之助と会い、墓穴を掘って、遺骨を埋葬したのも見ているはずだ。では、逢引きではない、と北原ははじめから分かっているのに、なぜ、査問にかけようというのだ？

「おぬしを待っていた女子は、おぬしに逢ってどうした？」

「それがしを待っていたというが、それがしは、まったく予想もしなかったことだ。待ち合わせたわけではない」

「そんなことはどうでもいい。女子はおぬしに逢って、どうしたと聞いている」

「一緒に墓地に向かった。それだけのことだ」

佐々木元五郎が、北原と交替して訊いた。

「目撃者によると、おぬしは被っていた菰に女子を入れたそうだな」

「うむ。雨が降っていたから、濡れては可哀相だと思って菰の下に入れた。それだけだ。目撃者のような下種《げす》な勘繰《かんぐ》りはするな」

龍之介は何か弁解しているようでいやだった。

「龍之介、おぬし、ほんとに女子を菰の下に入れただけか？」

「そうだ」

北原はにやにやした。

「それで、二人で連れ添って歩いた？」

「連れ添って歩いたというのは語弊《ごへい》がある。娘に墓標にする柱の後ろを持ってもらった。それだけのことだ。そして、二人で墓標の柱を運んだ」

「その間、おぬしは、その女子と話をしたろう？」

龍之介は、やっと北原の意図が分かった。什の掟の一つ、外でみだりに婦女子と話してはならない、という掟に反していることを、認めさせようとしている。

「その女子と話をしたな」

北原は勝ち誇ったように畳みかけた。龍之介は渋々うなずいた。

「たしかに話はした。だが、娘から亡くなった兄を悼む言葉を受けただけだ」

「それだけか？」

「それだけだ」

北原は不審気に頭を傾《かし》げた。

「ほかには何を話したのだ？」

北原は猜疑の目で龍之介を見た。

「ほかに何も話はしていない。挨拶の言葉を交わしたぐらいだ」

龍之介は戸惑った。

いったい、北原は何を勘繰っているのか？　これ以上、何を自分から聞き出そうとしているのか？　何が狙いなのか？　龍之介は疑心暗鬼《ぎしんあんき》になった。

「娘を連れて、どこへ行った？」

「だから、いっただろう。兄の遺骨を墓地に埋葬するためにだ」

「娘も一緒に、雨降る中、あの暗い墓地に行ったというのか？」

「目撃者は見ていないのか？」

「おぬしに訊いている。おぬしは訊く立場ではない。もう一度、訊く。おぬしと娘は連れ立って無縁仏の墓地に行ったというのか？」

「しかり」

「そこで雨の中、二人は何をした？」

「妙な勘繰りはするな。墓穴を掘り、遺骨が入った白木の箱を埋葬し、土饅頭を造った」

「それだけか？」

「土饅頭の傍らに墓標の柱を立てた。娘が、墓標を立てるのを手伝ってくれた」

「それだけか？」

北原はしつこく訊いた。

「それだけだ。他に何があるというのだ？」

龍之介は、北原は何を勘繰っているのか、と疑問に思った。

「もし、目撃者がいたなら、我々が遺骨を直葬しているのを見ているはずだ。見ていないのか」

龍之介は、そういいながら、目撃者は墓地まで尾行して来なかったのだな、と思った。もし、墓地の中まで付いて来たら、大槻弦之助がいるのに気付くはずだ。

目撃者は北原に、現場にはもう一人侍がいたと報告し、当然のこと、その侍は誰かとなる。その問いがないということは、目撃者は廃寺の境内の入り口までは尾行して来たが、墓地には入らなかったのだろう。

北原は元五郎に耳打ちした。元五郎はうなずいた。

元五郎が北原に代わって訊いた。

「相手の娘の名は？」

「なぜ、そんなことを訊く」

「相手の娘からも話を聞きたい。おぬしの話が本当かどうかを調べる」

龍之介は構えた。目撃者は娘が誰かを知らない。

「断る。その娘は関係ない」

「関係ないかどうかは、我々が決める」

「ともかく娘のことは、それがしはいわん」

「いわないで隠すと、査問に不利になるぞ」

「不利になっても構わない。兄の遺骨の埋葬を善意から手伝ってくれた娘に、こんな査問を受けさせたくない」

龍之介は目撃者が奈美や大槻弦之助と面識がない人物だった幸運を喜んだ。

北原は元五郎と顔を見合わせ、何事かを打ち合わせていた。

やがて北原従太郎は姿勢を正し、龍之介に向いて厳かに宣告した。

「被疑者望月龍之介に、本日の査問結果を知らせる。望月龍之介は、本人いわく見知らぬ娘と言葉を交わしたばかりか、二人一緒に菰を被って雨を避けながら、人気ない廃寺の墓地に忍んで行ったという事実を認定する。この査問会の認定に、望月龍之介本人も同意するな」

「同意しない。査問会は事実誤認もはなはだしい。査問会は事実を歪曲《わいきょく》し、自分たちに都合よく事実を曲解している」

「黙れ、黙れ」

佐々木元五郎は龍之介を怒鳴りつけた。

龍之介は黙った。

北原従太郎は、大声でいった。

「ともあれ、望月龍之介は雨降る中、人目につかぬ場所で、密かに女子と言葉を交わした。どのような理由をいっても、これは什の掟、日新館の掟を破ったと認定される」

北原は佐々木元五郎に顎をしゃくった。佐々木元五郎は北原従太郎の代理として、大声でいった。

「日新館の掟を破った者には、正義の制裁《せいさい》を加える」

「…………」

龍之介は黙った。

什の掟を破ると、子ども時代には罰則として、無念、しっぺ、仲間外れの三つがあった。だが、日新館の藩校生のしっぺにあたる制裁は、素手による鉄拳制裁だった。

佐々木元五郎は竹刀の先を龍之介の胸に突き付けた。

「しかし、望月龍之介は一向に自分の非を認めようとしないのは、かなり悪質だ。したがって、ここに鉄拳制裁でなく、より重い竹刀制裁を科することとする」

佐々木元五郎は、竹刀を龍之介に向けて構えた。

「そこに直れ」

「制裁処分に承服できぬ。それがしは何も悪いこと、正義に反することはしておらぬ」

龍之介は怒鳴り、立ち上がった。

北原の子分たちは、一斉に龍之介を囲み、竹刀の先を龍之介に向けた。

龍之介は腰を落とし、左上肢の手刀を、相手の胸元に向けて構え、右上肢の手刀を中段に構えた。

「打ち込め！」

元五郎が命令した。すかさず、左右から二人の門弟が素手の龍之介に竹刀で打ちかかった。

　龍之介の軀がくるりと回転し、左から打ち込んで来た男の竹刀を摑み、足を掛けて倒し、竹刀を奪い取った。ついで右から打ち込んで来た男に、その竹刀を喉元に突き入れた。一瞬のうちに、二人の子分が床に蹲《うずくま》っていた。

　龍之介は奪い取った竹刀を右下段に下ろして構え、次の打ち込みに備えた。

　一瞬のことに、龍之介を取り囲んだ子分たちは度胆を抜かれ、動けなくなっていた。

「何をしている。かかれ！」

　北原が慌てて怒鳴り、後退して、子分たちの陰に隠れた。

　正面の男が気合いもろとも、龍之介に打ち込んだ。ほとんど同時に右から、別の男が竹刀を水平にして、突き入れる。左手からも、一人がたたらを踏むようにして龍之介に竹刀を振り下ろした。

　龍之介は、くるりくるりと竹刀を躱《かわ》し、竹刀を正確に小手や胴、面に叩き込んだ。たちまち、三人の子分たちが、道場の床に転がり、苦痛の呻き声を上げていた。龍之介は、竹刀を右下段に構え、残心した。

　子分たちは完全に怖気づいて、互いに顔を見合わせ、前に出なくなった。

　佐々木元五郎が業《ごう》を煮やし、自ら前に出て、竹刀を上段に構えた。間合い二間。

「おのれ、望月、俺が相手だ」

龍之介は無言のまま、竹刀を正眼に構え、佐々木元五郎の打ち込みに備えた。

キエエイ!

佐々木元五郎が摺《す》り足で龍之介に飛び込み、竹刀を振り下ろした。龍之介は竹刀の下を潜って抜け、佐々木元五郎の懐に入った。竹刀の先を佐々木元五郎の喉元に突き付けた。

「待て。そこまで」

道場の入り口に、指南役の佐川官兵衛が立っていた。

「おまえら、放課後に、何をやっておる。全員、そこに直れ」

佐川官兵衛は、にやにや笑っていた。

佐川の後ろに、明仁や権之助、文治郎、九三郎が心配顔で立っていた。

六

「龍之介、おぬし、知らぬ間に本当に腕を上げたな。それがしでも、一度に十五、六人の門弟を相手にするのは、難しいものがある」

佐川官兵衛はしきりに顎の不精髭を擦《こす》った。官兵衛が感心した時に見せる癖だった。

佐川官兵衛の前には、龍之介をはじめ、明仁、権之助、文治郎、九三郎といったいつもの什の仲間が正座していた。

「そんなこと、ありません。……まだ、軀がよく動きません。あれが精一杯でした」

龍之介は正座して頭を掻いた。正直いって、やはり一ヵ月の謹慎生活は軀が動かせず、じっとしているだけなので、軀が鈍って仕方がなかった。

見張りの役人の目を掠めては、腕立て伏せをしたり、腹筋運動をして、体力維持に努めた。だから、持久力や耐久力は、あまり衰えたとは思わないのだが、瞬発力や咄嗟の判断力が非常になまくらになったような気がする。

官兵衛は胡坐をかき、お茶を啜りながらいった。

「しかも、佐々木元五郎は、席次三位以内にいる上級者だ。それを、席次二十位ぐらいにいる、おぬしが、よくぞ一瞬で間合いを詰め、元五郎の懐に飛び込んだ。あれでは佐々木元五郎も刀を振るって動けない。見事な動きだった。よくぞ、会得した」

文治郎が告げ口するようにいった。

「先生、龍之介は学校に諸国漫遊のため、といって休学届けを出し、山に籠もって野山を山猿のように駆け巡って会得したんですよ」

「山猿剣法か。龍之介、山猿一刀流という剣法はどうだ」

九三郎が笑った。明仁が龍之介に向いていった。

「龍之介、山に籠もるといっても、一人ではないんだろう？　いったい、誰に習っているんだ？」

龍之介はため息をついた。天狗老師から、自分の下で修行をしていることを口外するのは厳禁されていた。禁を破るわけにはいかない。

「修験者に弟子入りして、荒修行をしているんだ」

龍之介は嘘をついた。でも、いつかは明かそう、と思っている。

「やっぱり山猿剣法だな。身のこなしが人間じゃない」

文治郎が猿の真似をして笑った。

龍之介は佐川官兵衛を見た。天狗老師は、藩の誰かといろいろ話し合っている、といっていた。その相手は誰かは教えてくれなかったが、もしかして、その相手は指南役の佐川官兵衛かも知れないと龍之介は思っていた。だから、龍之介が何もいわなくても、佐川官兵衛は、よく事情を知っており、それで何も詮索しないのだろう、と考えた。

権之助が龍之介を詰《なじ》るようにいった。

「龍之介、おまえ、一ヵ月余も蟄居謹慎生活を強いられ、庭に出るのもままならず、木刀も竹刀も振るうことが禁じられていたというのに、いったい、どうやって稽古をしていたんだ?」

明仁がにやにやと頰を崩した。

「きっと、軀を動かさずとも、頭の中で、あれこれと想像して、稽古していたのではないか?　思念で剣を動かす」

九三郎が呆れた顔をした。

「思念で剣術ができるなら、道場での酷《きび》しい稽古なんかせず、座学で修行できるということになる。そんな馬鹿な」

佐川官兵衛が腕組みをしていった。

「酷しい修行を重ねると、歳を取って筋肉が衰えても、根源の動きは軀が覚えているものだ。稽古を重ねるうちに、無駄な動きは無くなり、研ぎ澄まされた最小限の動きに昇華される。仙人と呼ばれる人たちのようにな。それがしも、そういう境地をめざしているが、まだ道は遠い」

明仁が真顔で龍之介に訊いた。

「道場で佐々木元五郎たちを相手に立ち合いが始まった時、おぬし、何を考えていた？」

「それが不思議なんだ。何も頭に無かった。相手の出方に応じて、自然に軀が動いたんだ。何も考えずにな」

龍之介は思った。

天狗老師の下で、苦しい修行を重ねているうちに、頭で考えずとも、反射神経が研ぎ澄まされ、軀が動くようになったのかも知れない。物を食う時に、人は手や指をどう動かして、どうやって食物を口に運ぶかなど、考えもしない。

襖の外で人の気配がした。

「あなた、お客様が御見えになられました」

御新造の声が襖越しに聞こえた。

「うむ。どなたかな」

襖がさらりと開いた。美形な女性が廊下に座っていた。

「西郷頼母様です」

「おお、ちょうどよかった。奥、こちらに御通しして」

龍之介は驚き、みんなと顔を見合わせた。

「もう、上がっていただいております」

御新造はにこやかに白い歯を見せてお辞儀をした。

廊下をどかどかと踏み鳴らしながら、ずんぐりむっくりした体軀の侍が現われた。

「おう、頼母、来たか。ちょうどよい時に来てくれた」

官兵衛は歓迎の声を上げた。

「お、なんだ？　客がいたのか」

丸顔の侍は、目をぎょろりと剝き、平伏した龍之介たちを見回した。

「みんな、顔を上げい。西郷頼母殿だ」

龍之介は恐る恐る顔を上げた。愛敬のあるどんぐり眼《まなこ》の侍が、官兵衛の隣にどっかりと胡坐をかいて座っていた。

「こやつらが、おぬしが目をかけている若造たちだというのか」

「そうだ。明日の会津を担う若者たちだ」

官兵衛は笑みを浮かべていった。

「みな、左から順番に、名乗って自己紹介しろ」

一番左の席にいた龍之介から、自分の名を名乗りはじめた。

「はい。望月龍之介にございます」

鹿島明仁、小野権之助、五月女文治郎、河原九三郎が続けて名乗りを上げた。

「それがし、西郷頼母だ。佐川官兵衛とは無二の飲み仲間だ。みな、よろしう頼む」

西郷頼母は、みんなを見回し、気さくな面持ちでいった。

西郷頼母。一見、優しく、温厚に見えるが、剣の腕前は、日新館道場では名を轟かせている。会津六流の一つ、関口派一刀流免許皆伝。佐川官兵衛と甲乙付けがたい剣術遣いとして知られている。父親は西郷近思、筆頭家老にもなったことがある家老の重鎮である。その子頼母は、いま侍大将、物頭《ものがしら》の要職にある。

頼母は、じろりと龍之介を睨んだ。

「おぬしが、今度、望月家当主になる龍之介と申す者か」

「さようにございます。ですが、まだ藩からは望月家当主と認められておりませぬが」

「うむ。しかし、いずれ、そうなるだろう。それがしが、保証する」

思わぬ言葉に龍之介はひれ伏し、感謝した。

「おいおい、そう畏《かしこ》まるな。それがしは、そんな偉い人間ではない。ただの普通の男だ」

頼母は佐川官兵衛と顔を見合って笑った。

「ところで、官兵衛、今日、こちらに来たのは、龍之介のこともあってだ。父の了解が取れた。その報告だ」

「そうか。お父上がお認めくださったか。それは朗報だ」

　佐川官兵衛は龍之介に向き直った。

「龍之介、喜べ。おぬしの家族を、一時、西郷近思様の屋敷に引き取ることをお引き受けくださったぞ」

「は、ほんとうですか」

　龍之介は頼母の顔を見上げた。

「うむ。それがしが、父に勧めた。どうも、江戸藩邸の様子がおかしい。望月牧之介殿の自害といい、今度の真之助の乱心といい、江戸からの報告が疑わしい。信用できぬ。何か起こっている。望月家を取り潰すのは待った方がいい、とな。もちろん、これは官兵衛の強引な説得が効を奏してのことだが」

「ありがとうございます」

　龍之介は西郷頼母と佐川官兵衛の二人に頭を下げた。

　龍之介は思わずはらりと涙をこぼした。

「泣くな、龍之介。おぬしは男だろう」

　官兵衛が龍之介の肩を叩いた。頼母は官兵衛にいった。

「だが、家老会議の決定は重い。なかなか望月家のお家取り潰しを覆すのは難しい。だが、再興させる秘策が一つある。龍之介、やってみるか」

「何でございましょうか？」

「おぬし、御前仕合いに出ろ。そして、御上の前で、勝ち名乗りを挙げよ。そうすれば、御上は、否応なく、おぬしにお目を留めよう。そうなれば、再興は間違いなしだ」

西郷頼母は、そういい、ぐいっと龍之介を睨んだ。

佐川官兵衛も、大きくうなずいた。

「やれ、龍之介。御前仕合いに出て、勝ち上がれ。勝って、望月家を再興させろ。それがしも、応援するぞ」

龍之介は、頼母と官兵衛の二人からの言葉に、大きくうなずいていた。


龍之介は、水を入れた手桶を持ち、無縁仏の墓地に向かった。

空き地の一角に土饅頭があった。真新しい墓標に烈士望月真之助の名があった。

土饅頭には、誰がお供えしたのか、新しい花々が捧げられていた。

龍之介は土饅頭の前にしゃがみ込み、手を合わせた。心の中で、真之助の冥福を祈った。昨日、西郷頼母と佐川官兵衛からいわれた御前仕合いの話を報告した。

どんな剣豪が出てくるか分からない御前仕合いで、果たして己れが勝ち名乗りを上げることが出来るのかどうか。まったく自信がなかった。

龍之介は目を閉じ、心を無にして祈った。

隣にふっと人の気配がした。目をあけると、傍らで奈美が手を合わせていた。奈美も静かに目を閉じて祈っていた。土饅頭にまた摘まれた野菊の花が供えられていた。

「……龍之介様の願いが、どうか神様に届きますように」

奈美の言葉が聞こえた。いや、聞こえたように思った。

奈美の大島紬《おおしまつむぎ》の襟元にほつれ毛が風に揺れている。

奈美が愛しいと、龍之介は思った。

龍之介は、思わず姿勢を正した。

勝つ。それがしは、御前仕合いで勝つ。

この娘、奈美のためにも、俺自身のためにも勝つ。

龍之介は天空を見上げた。空は真っ青に染まって広がっていた。白い雲が見えた。

参考文献

早乙女貢著『会津士魂』シリーズ（集英社文庫）
星亮一著『会津武士道「ならぬことはならぬ」の教え』（青春新書インテリジェンス　青春出版社）
星亮一著『偽りの明治維新』（だいわ文庫）
中村彰彦著『会津武士道』（ＰＨＰ文庫）
中国の思想『孫子・呉子』（村山孚訳・徳間文庫）

時代小説
二見時代小説文庫

父《ちち》、密命《みつめい》に死《し》す　会津武士道《あいづぶしどう》2

二〇二二年　六　月二十五日　初版発行

著者　森《もり》　詠《えい》

発行所　株式会社　二見書房
〒一〇一-八四〇五
東京都千代田区神田三崎町二-一八-一一
電話　〇三-三五一五-二三一一［営業］
〇三-三五一五-二三一三［編集］
振替　〇〇一七〇-四-二六三九

印刷　株式会社　堀内印刷所
製本　株式会社　村上製本所

ISBN978-4-576-22078-9
https://www.futami.co.jp/